百草园

一家相伴读者二十载的人文书店。

百草园书店微信平台，

用美文、声音、生活、故事

陪你度过每一个深情的清晨和夜晚。

时间煮雨

百草园 —— 主编

北京联合出版公司
Beijing United Publishing Co.,Ltd.

目 录
Contents

目 录

Contents

第 1 辑

生活因慢，而有了美感

蛛丝和梅花

文 / 林徽因

　　真真地就是那么两根蛛丝，由门框边轻轻地牵到一枝梅花上。就是那么两根细丝，迎着太阳光发亮……再多了，那还像样么。一个摩登家庭如何能容蛛网在光天白日里作怪，管它有多美丽，多玄妙，多细致，够你对着它联想到一切自然造物的神工和不可思议处；这两根丝本来就该使人脸红，且在冬天够多特别！可是亮亮的，细细的，倒有点像银，也有点像玻璃制的细丝，委实不算讨厌，尤其是它们那么洒脱风雅，偏偏那样有意无意地斜着搭在梅花的枝梢上。

　　你向着那丝看，冬天的太阳照满了屋内，窗明几净，每朵含苞的，开透的，半开的梅花在那里挺秀吐香，情绪不禁迷茫缥缈地充溢心胸，在那刹那的时间中振荡。同蛛丝一样的细弱，和不必需，思想开始抛引出去；由过去牵到将来，意识的，非意识的，由门框梅花牵出宇宙，浮云沧波踪迹不定。是人性，艺术，还是哲学，你也无暇计较，你不能制止你情绪的充溢，思想的驰骋，蛛丝梅花竟然是瞬息可以千里！

好比你是蜘蛛，你的周围也有你自织的蛛网，细致地牵引着天地，不怕多少次风雨来吹断它，你不会停止了这生命上基本的活动。此刻……"一枝斜好，幽香不知甚处"……

拿梅花来说吧，一串串丹红的结蕊缀在秀劲的傲骨上，最可爱，最可赏，等半绽将开地错落在老枝上时，你便会心跳！梅花最怕开；开了便没话说。索性残了，沁香拂散同夜里炉火都能成了一种温存的凄清。记起了，也就是说到梅花，玉兰。初是有个朋友说起初恋时玉兰刚开完，天气每天的暖，住在湖旁，每夜跑到湖边林子里走路，又静坐幽僻石上看隔岸灯火，感到好像仅有如此虔诚地孤对一片泓碧寒星远市，才能把心里情绪抓紧了，放在最可靠最纯净的一撮思想里，始不至亵渎了或是惊着那"寤寐思服"的人儿。那是极年轻的男子初恋的情景——对象渺茫高远，反而近求"自我的"郁结深浅——他问起少女的情绪。

就在这里，忽记起梅花。一枝两枝，老枝细枝，横着，

忽记起梅花。

一枝两枝，老枝细枝，

横着，虬着，描着影子，喷着细香。

虬着，描着影子，喷着细香；太阳淡淡金色地铺在地板上：四壁琳琅，书架上的书和书签都像在发出言语；墙上小对联记不得是谁的集句；中条是东坡的诗。你敛住气，简直不敢喘息，巅起脚，细小的身形嵌在书房中间，看残照当窗，花影摇曳，你像失落了什么，有点迷惘。又像"怪东风着意相寻"，有点儿没主意！浪漫，极端的浪漫。"飞花满地谁为扫？"你问，情绪风似地吹动，卷过，停留在惜花上面。再回头看看，花依旧嫣然不语。"如此娉婷，谁人解看花意？"你更沉默，几乎热情地感到花的寂寞，开始怜花，把同情统统诗意地交给了花心！

这不是初恋，是未恋，正自觉"解看花意"的时代。情绪的不同，不止是男子和女子有分别，东方和西方也甚有差异。情绪即使根本相同，情绪的象征，情绪所寄托，所栖止的事物却常常不同。水和星子同西方情绪的联系，早就成了习惯。一颗星子在蓝天里闪，一流冷涧倾泄一片幽愁的平静，便激起他们诗情的波涌，心里甜蜜地，热情地便唱着由那些鹅羽的笔锋散下来的"她的眼如同星子在暮天里闪"，或是"明丽如同单独的那颗星，照着晚来的天"，或"多少次了，在一流碧水旁边，忧愁倚下她低垂的脸"。惜花，解花太东方，亲昵自然，含着人性的细致是东方传统的情绪。

此外年龄还有尺寸，一样是愁，却跃跃似喜，十六岁时的，微风零乱，不颓废，不空虚，踏着理想的脚充满希望，东方和西方却一样。人老了脉脉烟雨，愁吟或牢骚多折损诗的活泼。大家如香山，稼轩，东坡，放翁的白发华发，很少不梗在诗里，至少是令人不快。话说远了，刚说是惜花，东方老少都免不了这嗜好，这倒不论老的雪鬓曳杖，深闺里也就攒眉千度。

最叫人惜的花是海棠一类的"春红"，那样娇嫩明艳，开过了残红满地，太招惹同情和伤感。但在西方即使也有我们同样的花，也还缺乏我们的廊庑庭院。有了"庭院深深深几许"才有一种庭院里特有的情绪。如果李易安的"斜风细雨"底下不是"重门须闭"也就不"萧条"得那样深沉可爱；李后主的"终日谁来"也一样的别有寂寞滋味。看花更须庭院，常常锁在里面认识，不时还得有轩窗栏杆，给你一点凭藉，虽然也用不着十二栏杆倚遍，那么慵弱无聊。

当然旧诗里伤愁太多：一首诗竟像一张美的证券，可以照着市价去兑现！所以庭花，乱红，黄昏，寂寞太滥，时常失却诚实。西洋诗，恋爱总站在前头，或是"忘掉"，或是"记起"，月是为爱，花也是为爱，只使全是真情，也未尝不太腻味。就以两边好的来讲。拿他们的月光同我们的月色比，似乎是月色滋味深长得多。花更不用说了；我们的花"不是预备采下缀成花球，或花冠献给恋人的"，却是一树一树绰约的，个性的，自己立在情人的地位上接受恋歌的。

所以未恋时的对象最自然的是花，不是因为花而起的感慨，十六岁时无所谓感慨，仅是刚说过的自觉解花的情绪。寄托在那清丽无语的上边，你心折它绝韵孤高，你为花动了感情，实说你同花恋爱，也未尝不可，那惊狂喜也不减于初恋。还有那凝望，那沉思……

一根蛛丝！记忆也同一根蛛丝，搭在梅花上就由梅花枝上牵引出去，虽未织成密网，这诗意的前后，也就是相隔十几年的情绪的联络。

午后的阳光仍然斜照，庭院阒然，离离疏影，房里窗棂和梅花依然伴和成为图案，两根蛛丝在冬天还可以算为奇迹，你望着它看，真有点像银，也有点像玻璃，偏偏那么斜挂在梅花的枝梢上。

翡冷翠山居闲话

文 / 徐志摩

在这里出门散步去，上山或是下山，在一个晴好的五月的向晚，正像是去赴一个美的宴会，比如去一果子园，那边每株树上都是满挂着诗情最秀逸的果实，假如你单是站着看还不满意时，只要你一伸手就可以采取，可以恣尝鲜味，足够你性灵的迷醉。阳光正好暖和，决不过暖；风息是温驯的，而且往往因为他是从繁花的山林里吹度过来他带来一股幽远的淡香，连着一息滋润的水气，摩挲着你的颜面，轻绕着你的肩腰，就这单纯的呼吸已是无穷的愉快；空气总是明净的，近谷内不生烟，远山上不起霭，那美秀风景的全部正像画片似的展露在你的眼前，供你闲暇的鉴赏。

作客山中的妙处，尤在你永不须踌躇你的服色与体态；你不妨摇曳着一头的蓬草，不妨纵容你满腮的苔藓；你爱穿什么就穿什么；扮一个牧童，扮一个渔翁，装一个农夫，装一个走江湖的桀卜闪，装一个猎户；你再不必提心整理你的领结，你尽可以不用领结，给你的颈根与胸膛一半日的自由，你可以拿一条这边颜色的长巾包在你的头上，学一个太平军的头目，或是拜伦那埃及装的姿态；但最要紧的是穿上你最旧的旧鞋，别管他模样不佳，他们是顶可爱的好友，他们承着你的体重却不叫你记起你还有一双脚在你的底下。

这样的玩顶好是不要约伴，我竟想严格的取缔，只许你独身；因为有了伴多少总得叫你分心，尤其是年轻的女伴，那是最危险最专制不过的旅伴，你应得躲避她像你躲避青草里一条美丽的花蛇！平常我们从自己家里走到朋友的家里，或是我们执事的地方，那无非是在同一个大牢里从一间狱室移到另一间狱室去，拘束永远跟着我们，自由永远寻不到我们；但在这春夏间美秀的山中或乡间你要是有机会独身闲逛时，那才是你福星高照的时候，那才是你实际领受，亲口尝味，自由与自在的时候，那才是你肉体与灵魂行动一致的时候；朋友们，我们多长一岁年纪往往只是加重我们头上的枷，加紧我们脚胫上的链，我们见小孩子在草里在沙堆里在浅水里打滚作乐，或是看见小猫追他自己的尾巴，何尝没有

你的胸襟自然会跟着漫长的山径开拓，
你的心地会看着澄蓝的天空静定，
你的思想和着山壑间的水声。

羡慕的时候，但我们的枷，我们的链永远是制定我们行动的上司！

所以只有你单身奔赴大自然的怀抱时，像一个裸体的小孩扑入他母亲的怀抱时，你才知道灵魂的愉快是怎样的，单是活着的快乐是怎样的，单就呼吸单就走道单就张眼看耸耳听的幸福是怎样的。因此你得严格的为己，极端的自私，只许你，体魄与性灵，与自然同在一个脉搏里跳动，同在一个音波里起伏，同在一个神奇的宇宙里自得。我们浑朴的天真是像含羞草似的娇柔，一经同伴的抵触，他就卷了起来，但在澄静的日光下，和风中，他的姿态是自然的，他的生活是无阻碍的。

你一个人漫游的时候，你就会在青草里坐地仰卧，甚至有时打滚，因为草的和暖的颜色自然的唤起你童稚的活泼；在静僻的道上你就会不自主的狂舞，看着你自己的身影幻出种种诡异的变相，因为道旁树木的阴影在他们纤徐的婆娑里暗示你舞蹈的快乐；你也会得信口的歌唱，偶尔记起断片的音调，与你自己随口的小曲，因为树林中的莺燕告诉你春光是应得赞美的；更不必说你的胸襟自然会跟着漫长的山径开拓，你的心地会看着澄蓝的天空静定，你的思想和着山壑间的水声，山罅里的泉响，有时一澄到底的清澈，有时激起成章的波动，流，流，流入凉爽的橄榄林中，流入妩媚的阿诺河去……

并且你不但不须应伴，每逢这样的游行，你也不必带书。书是理想的伴侣，但你应得带书，是在火车上，在你住处的客室里，不是在你独身漫步的时候。什么伟大的深沉的鼓舞的清明的优美的思想的根源不是可以在风籁中，云彩里，山势与地形的起伏里，花草的颜色与香息里寻得？

自然是最伟大的一部书，歌德说，在他每一页的字句里我们读得最深奥的消息。并且这书上的文字是人人懂得的；阿尔帕斯与五老峰，雪西里与普陀山，来因河与扬子江，梨梦湖与西子湖，建兰与琼花，杭州西溪的芦雪与威尼市夕照的红潮，百灵与夜莺，更不提一般黄的黄麦，一般紫的紫藤，一般青的青草同在大地上生长，同在和风中波动——他们应用的符号是永远一致的，他们的意义是永远明显的，只要你自己心灵上不长疮瘢，眼不盲，耳不塞，这无形迹的最高等教育便永远是你的名分，这不取费的最珍贵的补剂便永远供你的受用；只要你认识了这一部书，你在这世界上寂寞时便不寂寞，穷困时不穷困，苦恼时有安慰，挫折时有鼓励，软弱时有督责，迷失时有南针。

我喜欢

文 / 张晓风

我喜欢活着，生命是如此地充满了悦愉。

我喜欢冬天的阳光，在迷茫的晨雾中展开。我喜欢那份宁静淡远，我喜欢那没有喧哗的光和热。而当中午，满操场散坐着晒太阳的人，那种原始而纯朴的意象总深深地感动着我的心。

我喜欢在春风中踏过窄窄的山径，草莓像精致的红灯笼，一路殷勤地张结着。我喜欢抬头看树梢尖尖的小芽儿，极嫩的黄绿色中透着一派天真的粉红——它好像准备着要奉献什么，要展示什么。那柔弱而又生意盎然的面目，常在无言中教导我一些美丽的真理。

我喜欢看一块平平整整，油油亮亮的秧田。那细小的禾苗密密地排在一起，好像一张多绒的毯子，是集许多翠禽的羽毛织成的，它总是激发我想在上面躺一躺的欲望。

我喜欢夏日的永昼，我喜欢在多风的黄昏独坐在傍山的阳台上。小山谷里的稻浪推涌，美好的稻香翻腾着。慢慢地，绚丽的云霞被浣净了，柔和的晚星遂一一就位。我喜欢观赏这样的布景，我喜欢坐在那舒服的包厢里。

我喜欢看满山菅芒，在秋风里凄然地白着。在山坡上，在水边上，美得那样凄凉。那次，刘告诉我他在梦里得了一句诗："雾树芦花连江白"，意境是美极了，平仄却很拗口。想凑成一首绝句，却又不忍心改它。想联成古风，又苦再也吟不出相当的句子。至今那还只是一句诗，一种美而孤立的意境。

我也喜欢梦，喜欢梦里奇异的享受。我总是梦见自己能飞，能跃过山丘和小河。我总是梦见奇异的色彩和悦人的形象。我梦见棕色的骏马，发亮的鬣毛在风中飞扬。我梦见成群的野雁，在河滩的丛草中歇宿。我梦见荷花海，完全没有边际，远远在炫耀着模糊的香红——这些，都是我平日不曾见过的。最不能忘记那次梦见在一座紫色的山峦前看日出——它原来必定不是紫色的，只是翠岚映着初升的红日，遂在梦中幻出那样奇特的山景。

我当然同样在现实生活里喜欢山，我办公室的长窗便是面山而开的。每次当窗而坐，总觉得满几尽绿，一种说不出的柔和。较远的地方，教堂尖顶的白色十字架在透明的阳光里巍立着，把蓝天撑得高高地。

我还喜欢花，不管是哪一种，我喜欢清瘦的秋菊，浓郁的玫瑰，孤洁的百合，以及幽闲的素馨。我也喜欢开在深山里不知名的小野花。十字形的、斛形的、星形的、球形的。我十分相信上帝在造万花的时候，赋给它们同样的尊荣。

我喜欢另一种花儿，是绽开在人们笑颊上的。当寒冷的早晨我走在巷子里，对门那位清癯的太太笑着说："早！"我就忽然觉得世界是这样的亲切，我缩在皮手套里的指头不再感觉发僵，空气里充满了和善。

当我到了车站开始等车的时候，我喜欢看见短发齐耳的中学生。那样精神奕奕的，像小雀儿一样快活的中学生。我喜欢她们美好宽阔而又明净的额头，以及活泼清澈的眼神。每次看着他们老让我想起自己，总觉得似乎我仍是她们中间的一个。仍然单纯地充满了幻想，仍然那样容易受感动。

当我坐下来，在办公室的写字台前，我喜欢有人为我送来当天的信件。我喜欢读朋友们的信，没有信的日子是不可想象的，我喜欢读弟弟妹妹的信，那些幼稚纯朴的句子，总是使我在泪光中重新看见南方那座燃遍凤凰花的小城。最不能忘记那年夏天，德从最高的山上为我寄来一片蕨类植物的叶子。在那样酷暑的气候中，我忽然感到甜蜜而又沁人的清凉。

　　我特别喜爱读者的信件，虽然我不一定有时间回复，每次捧读这些信件，总让我觉得一种特殊的激动。在这世上，也许有人已透过我看见一些东西。这不就够了吗？我不需要永远存在，我希望我所认定的真理永远存在。

　　我把信件分放在许多小盒子里，那些关切和情谊都被妥善地保存着。

　　除了信，我还喜欢看一点书，特别是在夜晚，在一灯之下。我不是一个十分用功的人，我只喜欢看词曲方面的书。有时候也涉及一些古拙的散文，偶然我也勉强自己看一些浅近的英文书，我喜欢他们文字变化的活泼。

　　夜读之余，我喜欢拉开窗帘看看天空，看看灿如满园春花的繁星。我更喜欢看远处山里微微摇晃的灯光。那样模糊，那样幽柔，是不是那里面也有一个夜读的人呢？

　　在书籍里面我不能自抑地要喜爱那些泛黄的线装书，握着它就觉得握着一脉优美的传统，那涩黯的纸面蕴含着一种古典的美。我很自然地想到，有几个人执过它，有几个人读过它。他们也许都过去了，历史的兴亡、人物的更迭本是这样虚幻，唯有书中的智慧永远长存。

　　我喜欢坐在汪教授家中的客厅里，在落地灯的柔辉中捧一本线装的昆曲谱子。当他把旧得发亮的褐色笛管举到唇边的时候，我就开始轻轻地按着板眼唱起来。那柔美幽咽的水磨调在室中低回着，寂寞而空荡，像江南一池微凉的春水。我的心遂在那古老的音乐中体会到一种无可奈何的轻愁。

我就是这样喜欢着许多旧东西。那块小毛巾，是小学四年级参加《儿童周刊》父亲节征文比赛得来的。那一角花岗石，是小学毕业时和小曼敲破了各执一半的。那具布娃娃是我儿时最忠实的伴侣。那本毛笔日记，是七岁时被老师逼着写成的。那两支蜡烛，是我过廿岁生日的时候，同学们为我插在蛋糕上的……我喜欢这些财富，以致每每整个晚上都在痴坐着，沉浸在许多快乐的回忆里。

我喜欢翻旧相片，喜欢看那个大眼睛长辫子的小女孩。我特别喜欢坐在摇篮里的那张，那么甜美无忧的时代！我常常想起母亲对我说："不管你们将来遭遇什么，总是回忆起来，你们还有一段快活的日子。"是的，我骄傲，我有一段快活的日子——不只是一段，我相信那是一生悠长的岁月。

我喜欢把旧作品一一检视，如果我看出已往作品的缺点，我就高兴得不能自抑——我在进步！我不是在停顿！这是我最快乐的事了，我喜欢进步！

我喜欢美丽的小装饰品，像耳环、项链和胸针。那样晶晶闪闪的、细细致致的、奇奇巧巧的。它们都躺在一个漂亮的小盒子里，炫耀着不同的美丽。我喜欢不时看看它们，把它们佩在我的身上。

　　我就是喜欢这样松散而闲适的生活，我不喜欢精密地分配时间，不喜欢紧张地安排节目。我喜欢许多不实用的东西，我喜欢充足的沉思时间。

　　我喜欢晴朗的礼拜天清晨，当低沉的圣乐冲击着教堂的四壁，我就忽然升入另一个境界，没有纷扰，没有战争，没有嫉恨与恼怒。人类的前途有了新的光芒，那种确切的信仰把我们带入更高的人生境界。

　　我喜欢在黄昏时来到小溪旁。四顾没有人，我便伸足入水——那被夕阳照得极艳丽的溪水，细沙从我的趾间流过，某种白花的瓣儿随波飘去，一会儿就幻灭了——这才发现那实在不是什么白花瓣儿，只是一些被石块激起的浪花罢了。坐着，坐着，好像天地间都流动着和暖的细流。低头沉吟，满溪红霞照得人眼花，一时简直觉得双足是浸在一钵花汁里呢！

　　我更喜欢没有水的河滩，长满了高及人肩的蔓草。日落时一眼望去，白石不尽，有着苍莽凄凉的意味。石块垒垒，把人心里慷慨的意绪也堆栈起来了。我喜欢那种情怀，好像在峡谷里听人喊秦腔，苍凉的余韵回转不绝。

　　我喜欢别人不注意的东西，像草坪上那株没有人理会的扁柏，那株瑟缩在高大龙柏之下的扁柏。每次我走过它的时候总要停下来，嗅一嗅那股清香，看一看它谦逊的神气。有时候我又怀疑它不是谦逊，因为也许它根本不觉得龙柏的存在。又或许它虽知道有龙柏存在，也不认为伟大与平凡有什么两样——事实上伟大与平凡的确也没有什么两样。

我喜欢朋友，喜欢在出其不意的时候去拜访他们。尤其喜欢在雨天去叩湿湿的大门，在落雨的窗前话旧真是多么美。记得那次到中部去拜访芷的山居，我永不能忘记她看见我时的惊呼。当她连跑带跳地来迎接我，山上的阳光就似乎忽然炽燃起来了。我们走在向日葵的荫下，慢慢地倾谈着。那迷人的下午像一阕轻快的曲子，一会儿就奏完了。

我极喜欢，而又带着几分崇敬去喜欢的，便是海了。那辽阔，那淡远，都令我心折。而那雄壮的气象，那平稳的风范，以及那不可测的深沉，一直向人类作着无言的挑战。

我喜欢家，我从来还不知道自己会这样喜欢家。每当我从外面回来，一眼看到那窄窄的红门，我就觉得快乐而自豪。我有一个家，多么奇妙！

我也喜欢坐在窗前等他回家来。虽然过往的行人那样多，我总能分辨他的足音。那是很容易的，如果有一个脚步声，一入巷子就开始跑，而且听起来是沉重急速的大阔步，那就准是他回来了！我喜欢他把钥匙放进门锁中的声音，我喜欢听他一进门就喘着气喊我的英文名字。

我喜欢晚饭后坐在客厅里的时分。灯光如纱，轻轻地撒开。我喜欢听一些协奏曲，一面捧着细瓷的小茶壶暖手。当

我极喜欢，而又带着几分崇敬去喜欢的，便是海了。

此之时，我就恍惚能够想象一些田园生活的悠闲。

我也喜欢户外的生活，我喜欢和他并排骑着自行车。当礼拜天早晨我们一起赴教堂的时候，两辆车子便并驰在黎明的道上。朝阳的金波向两旁溅开，我遂觉得那不是一辆脚踏车，而是一艘乘风破浪的飞艇，在无声的欢唱中滑行。我好像忽然又回到刚学会骑车的那个年龄，那样兴奋，那样快活，那样唯我独尊——我喜欢这样的时光。

我喜欢多雨的日子。我喜欢对着一盏昏灯听檐雨的奏鸣，细雨如丝，如一天轻柔的叮咛。这时候我喜欢和他共撑一柄旧伞去散步。伞际垂下晶莹成串的水珠——一幅美丽的珍珠帘子。于是伞下开始有我们宁静隔绝的世界，伞下缭绕着我们成串的往事。

我喜欢在读完一章书后仰起脸来和他说话，我喜欢假想许多事情。

"如果我先死了，"我平静地说着，心底却泛起无端的哀愁，"你要怎么样呢？"

"别说傻话，你这憨孩子。"

"我喜欢知道，你一定要告诉我，如果我先死了，你要怎么办？"

他望着我，神色怃然。

"我要离开这里，到很远的地方去。去做什么，我也不知

21

道，总之，是很遥远很蛮荒的地方。"

"你要离开这屋子吗？"我急切地问，环视着被布置得像一片紫色梦谷的小屋。我的心在想象中感到一种剧烈的痛楚。

"不，我要拚命去赚很多钱，买下这栋房子。"他慢慢地说，声音忽然变得很凄怆而低沉：

"让每一样东西像原来那样被保持着。哦，不，我们还是别说这些傻话吧！"

我忍不住清泪泫然了，我不明白，为什么我喜欢问这样的问题。

"哦，不要痴了，"他安慰着我，"我们会一起死去的。想想，多美，我们要相偕着去参加天国的盛会呢！"

我喜欢相信他的话，我喜欢想象和他一同跨入永恒。

我也喜欢独自想象老去的日子，那时候必是很美的。就好像夕晖满天的景象一样。那时候再没有什么可争夺的，可留连的。一切都淡了，都远了，都漠然无介于心了。那时候智慧深邃又明澈，爱情渐渐醇化，生命也开始慢慢蜕变，好进入另一个安静美丽的世界。啊，那时候，那时候，当我抬头看到精金的大道，碧玉的城门，以及千万只迎接我的号角，我必定是很激动而又很满足的。

我喜欢，我喜欢，这一切我都深深地喜欢！我喜欢能在我心里充满着这样多的喜欢！

生活因慢，而有了美感

文 / 子墨云飞

> 生活中不可缺失闲与静。放慢步伐，举目向
> 远，诗意就在前方；放缓笔调，墨韵含香，一撇闲
> 情逸致，一捺云淡风轻，就是诗行里笃定的走向和
> 最美的风景。
>
> ——题记

喜欢这个"闲"字，木居于门内。试想，一棵树，只有
生在无所阻碍的开阔天地，才能无拘无束地肆意生长，才能
张开翅膀触摸无尘的蓝天。可只有在门外，才有随时袭来的
暴风雨。因此，门外的木不得闲。

每个人，都是那块木，每一天醒来，都要奔向门外，奔

向广阔的天地，更靠近蓝天白云，辛苦地伸展。可夜晚回到门内，我们就走近了"闲"。这是我们身心放下负累，收拢欲望，向内慢慢沉淀的时候。

心闲了下来，就不喜喧闹；或者在喧闹中，也能造一层静的光影来。那种向往拥有的"结庐在人境，而无车马喧"的宁静，也不再是奢求。每个人逃不了红尘，也离不开烟火；真能"偷得浮生半日闲"，就是一件最快乐的事儿。闲下来的时间，真正属于自己，供自己支配；挥霍，甚至浪费。闲了，静了，我们就能真正聆听到闲花落地的声音，真正聆听到细雨湿衣的呢喃。

闲分两种，外在的清闲和内在的修"闲"。前者是性情的一种态度，而后者是品性的一种修为；这两者源于自身，生活万象中比比皆是。

可无论何种，于生活中，得闲半日，可呼朋唤友，热闹放松；可邀约挚友，踏足山水；也可独自一人，音乐煮心，茶香洗字；甚至拥被而眠，睡个安心觉。无论何种，这份闲，是为了收拾背负的行囊，淘洗心情，沉淀岁月静美，向下一段征程出发，开一朵最美的微笑，相伴一路。

其实，真正的闲，不是漫无目的的自由放荡，而是懂得如何驾驭"闲心"，让一颗忙碌的心忘却疲惫。闲中有情，闲中有慧，就如饮酒七分适宜，品茶三分含香；在一份闲适的

闲，不在口头，不在路上，而在心上；

　　心若愿意，浮生半日即可偷得。

心境中，陶冶性情，洗涤心灵。一份情意磨到悠闲随意，才会逸趣雅致；一份心境，调至闲静淡然，才会春和景明。闲，不在口头，不在路上，而在心上；心若愿意，浮生半日即可偷得。

人世纷杂，繁忙的都市，经济的快速增长，无形中给人们增添了压力，然这一切关乎着人们的生命和真正的健康。忙碌的同时往往忽略了自身的健康，当有一天疾病来袭时，才懂得放慢生活的节奏、提升生活的质量还是很有必要的。

修一份闲心，于宁静中品味生活的风雅；心贴近生活，心温暖生活。生活质量提高，内心的品位也自然在提高。蒋勋曾写道：生活因慢，而有了美感。人类进步的同时，我们也因在短暂的生命中，拥有更多的美好。

一直喜爱一种人生格调：简约，至性，至美。恰如一抹纯白，着色于光阴的痕迹，无形胜有形。淡若清风，质地轻软，徐徐地存在于尘世万相之中。心境，气定神闲，淡定，从容，宁和而理性。生命，温润清亮，超凡脱俗。孤芳自赏的品格，实乃内在的修为，看似沉静，却不失与生俱来一份风骨的美丽。

将心融入自然，跟着四季的步伐，走进春天，沐浴在阳光里，赏花闻香；走进夏日，徜徉在绿茵里，感受热气扑腾的气息；走进秋天，轻踩金灿灿的落叶，感受丰收的喜悦；

走进冬日，山寒地冻，感受万里雪飘的诗意。我们是生活中的旅人，每一程，每一季，定当享受到自然界恩赐的美。美在晨曦，让我们看到生命的曙光；美在日暮，将心中的景收纳，定格成时光里的暖。

这样"闲"的心境，多美！这种心境，是我们与山山水水亲密接触中获得。而一生之中，修一份好的心境，即使外面的世界车水马龙，也能在心中修篱种菊，更是一种宁静致远的"闲"。

智者乐水水如画，仁者乐山山无涯。从从容容一杯酒，平平淡淡一杯茶。人心越成熟，性情越淡；慢慢地归于宁静。超凡脱俗，回归真我，是淡到极致的美，是渐入佳境的"闲"——那是灵魂真正的皈依。

幸福轻轻

文 / 碑林路人

如果让我用什么词汇来形容幸福的感觉，那么我只想用轻轻这两个字。

在我的记忆里，幸福的每一次到来总是轻轻的，像是柔软的锦帛从心中拂过时的感觉。

有人说喜悦是生命中的黄金，那么幸福就一定是风雨人生路上的一道阳光。充满阴霾的日子，我们总会想起阳光的温暖，而在阳光下行走的时候我们又常常忽略了温暖的感觉。

年少时生活在父母身边，应该是幸福、快乐而无忧的。可那时候不懂得什么是幸福，总喜欢写一些歪歪扭扭满是惆怅的小诗，拿去和同龄的朋友一起诵读，然后大谈人生、理想与未来。

人到中年，走过了坎坷，走过了曲折，才知道什么叫少年不识愁滋味。回过头竟发现原来有那么多美好与幸福的时刻，已轻轻地留在了记忆的深处。

当我第一次抱起自己的孩子，看着她粉嫩的小脸时，我是幸福的。

当我从病榻上睁开双眼，看见母亲坐在身边对着我微笑时，我是幸福的。

当我在异乡的街头牵着年迈的父母的双手，走过车流如织的马路时，我也是幸福的。

尽管我们的生活不是很富裕，但生命中总有点点滴滴幸福的感觉曾轻轻地从心头滑过。

其实，衣服穿得旧一点，生活得清贫点，并不会影响一个人对幸福的感悟；而是欲望多了，心事重了，幸福便就离得远了。

小时候去田里捡麦穗，听父亲讲过去的故事，穿姐姐剩下的旧衣服，都是快乐、喜悦与幸福的。而如今面对着山珍海味，绫罗绸缎，内心深处却依然有一种淡淡的惆怅。不知道是匆忙的生活让我们忽略了对幸福的感受，还是这颗不安定的心，无法在世俗中沉淀下来，用心去体味幸福的感觉。

幸福好像和成功、富有及其他元素没有什么直接的关系。

如果我们时时用一种淡然而从容的心态提醒自己"我很幸福"，
那么幸福的阳光就一定会时常轻轻地暖暖地照在你的身上。

幸福是一种感觉，是从内心深处萌发出的一种感激、感动和感恩的情绪聚集在一起的心态。

朋友从高原回来，说那里的天很蓝，阳光很温暖，在阳光下行走如同走在幸福的街上。

我也在高原的阳光下行走过，我没有看见幸福的影子，因为我知道那时我的心正在结冰。

其实，幸福就是人们内心对外部世界的一种感应和感觉。生活如寒鸭浮水，幸福不幸福由自己的心去感悟。境随心转，心随情移。每个人对外部世界的感受不同，对幸福的认识度也不同。

对生活期望值的改变，也可以改变一个人对幸福的感知感觉。我们总是希冀那些我们得不到的虚幻的东西，而忽略了身边的幸福。

曾经看过毕淑敏的一篇文章叫《提醒幸福》，我想如果我们时时用一种淡然而从容的心态提醒自己："我很幸福"，那么幸福的阳光就一定会时常轻轻地暖暖地照在你的身上。

从今天起，我会时常提醒自己：

我——很——幸——福！

幸福就是我想起你时，春天的感觉便溢满了房间的每一个角落……

幸福就是我看不到你的时候，我可以想象出你脸上洋溢着的笑容……

幸福就是我在窗台上看星星时，突然看见有一颗星像极了你的眼睛……

幸福就是高脚杯里透明的红酒，只要你在跟前，醇香的感觉亘古不变……

幸福就是你把戒指套入我手指的那一瞬间，生死契约，一世万年……

幸福就是和你一起走遍天涯海角，历尽艰辛，一如既往……

幸福就是和你一起慢慢变老，直到我们老得哪儿也去不了……

幸福就是你老态龙钟时，我依然可以弯下腰为你系起松开了的鞋带……

幸福就是没有你的时候，我依旧可以清晰地回忆起我们曾经在一起的点点滴滴……

幸福就是我将要离开时，还能默默地期盼来世你依旧在开满栀子花的树下等我……

从容度日，与山水共清欢

文 / 知秋

都说秋水无尘，秋云无心，这个季节的山河盛世，应该沉静无言。秋荷还在，只是落尽芳华。而我们无须执意去收拾残败的风景，因为时光仍旧骄傲地流淌。始终相信，万物的存在，都带着使命；无论起落，都有其自身的风骨。世事既有定数，我们更应当从容度日，与山水共清欢。

——白落梅

深深喜欢着白落梅，心动之余，不得不将其文字作为本文的眉眼。一个栖息在禅意中的女子，一支素笔，写尽人生百态；一纸素笺，再现淡雅情怀。

淡，是人生美到极致的精彩！于女子而言，它是青荷出水的那一抹婉约，嫣然生香；于男子而言，它是淡泊名利的那一份洒脱，淡而生韵。于人生，淡是一种智慧，是细小处的见微知著；于生活，淡是一种心境，是安守初心的那份清宁。淡，是香茗过后，那一抹唇齿生津的流连；是写在眸里的清欢，却流淌在心间的暖。或许是性格所致，抑或是职业造就，我做了一个淡然女子，一颗素心，栖息在一叶菩提间；所有的心绪，都在静默中安然。

光阴如水，不惊不扰，一笺小字的清淡，那是嵌在眉间的欢颜。爱着雨，闲来，持一盏香茗，端坐一隅，静静聆听细雨轻敲窗棂，心，是如此的清宁；或是风起，捻一叶静美，且听风吟，将满心的欢喜，融于一脉清新，寄于海角天涯的你。这种姿态，就算是无人问津，也已是光阴赐予的莫大的欢心！

我从时光深处走来，嗅着一缕墨香，一路风尘不染心。于是，我做了那个为文字低眉的女子，采撷一抹暖阳，谱写着暖暖的诗章；也做了那个为缘分含羞的女子，静守着一份默契的懂得，向往着与某人共剪一段如水的光阴，在暖阳下筑着温暖的梦……

时光是条润着宽容的河流，站在岸上，我们可以望尽远山的景，一山一水，一草一木，皆在眸里；亦可以看透近水的影，一人一物，一事一情，皆在心中。

因此，人生旅途上，我们也总是走走停停，赏着两岸的景，看着近水的影。只是，有太多的风景可以入眸，也有太多的人事可以入心。是否，能在纷纷扰扰中，所有的种种能够风尘不扰？回眸，你会发现，那些曾经刻骨铭心的伤痛，那些无法释怀的过往，都会成为一粒粒沙子，随着这条写着宽容的时光之河，渐渐远去；留下的，只有眼前温馨的一幕……

如若，这世间有一条路，值得倾尽一生去追寻。那么，应该是那条叫作"心"的路。这条路上，没有行色匆匆的脚步，没有车水马龙的街头；走在这条路上，可以不用去在意太多的耳语，可以不用去理会众多的纷扰，任你思绪万千，它永远以波澜不惊的姿态再现。这一程，最美的风景，便是写在眸里的清欢。用心聆听，安享这世界给予的每一丝暖，你会发现，走过的每一寸光阴，都因内心的纯净而温暖……

岁月是浸满凝香的杯盏，温和静好；用心感受，你总会被那一缕醉人的芬芳感动，让你没有任何理由，去拒绝那一抹宁静如斯的美。

【听花】

想来，花，是这世间最受人欢迎的物种了。春花争艳，夏花绚烂，秋菊嫣然，冬梅傲然；季节流转，她的风姿依然，妩媚依然。花开无声，时光深处，自顾芬芳；花谢无语，却也不是无情物，化作春泥更护花。因了她的多姿，花，亦成为女子的代言，那一首《女人如花》，不知妩媚了多少人的心。听花开花谢，那是季节轮回中最美的懂得。

【沐荷】

荷，人间极致。洗尽铅华，不染一丝尘埃。碧波潋滟一宛粉，温润如玉映湖心。依水而立，静而不语。如莲的女子，如莲的文字，清澈如水，皆是沐浴了她慈悲和善良的甘露。世事依旧变幻，人情依旧冷暖；而她，依旧包容着世事万千。沐清荷初绽，那是灵魂深处最纯净的洗礼。

【品秋】

漫天飞舞的精灵，氤氲着飒飒的秋风，尽情，将生命的优雅舞动。或许，人生亦如这场宁静的回归，当一切繁华落尽，终在这场尘埃落定中归于平静。或许，此时会有些许的凄凉，感念叶儿的命途多舛；而尘埃落定后的静美，瞬间，让漂泊的心儿皈依安然。品叶落归根，那是人生旅途上淡定的从容。

时光是条润着宽容的河流，
站在岸上，我们可以望尽远山的景，
一山一水，一草一木，皆在眸里；
亦可以看透近水的影，一人一物，一事一情，皆在心中。

【 赏雪 】

　　轻挽一分适合的温度，静静品味雪的宁静。欣赏她漫天飞舞的婆娑，怜爱她输梅一段香的羞涩，更钟爱她纯洁无瑕的本色。冬的厚重，沉淀了浮华，过滤了浅薄，独享此时的宁静，让生命回归本我。素心若雪，相信，这一抹清新，永远是人生应该坚守的底蕴。赏雪落成景，那是平淡生活中极致的丰盈。

　　…………

　　岁月如此静好，也正如白落梅所说：一个人，一本书，一杯茶，一帘梦。有时候，寂寞是这样叫人心动；也只有此刻，世事才会如此波澜不惊。此时，莫叹花事已过，莫言时光匆匆，这岁月中的每一缕芬芳，都值得我们用心去珍藏。

　　如果说光阴给予我们的每一缕芬芳，我们都应该悉数珍藏，那么缘分，亦是光阴赐予我们最美的暖。

　　关于缘，梁实秋说："你走，我不送你；你来，无论多大风多大雨，我要去接你。"是啊，缘来相惜，即便是缘去，也不要太在意。莫叹情深缘浅，莫把怨恨植心间。

　　这世间的缘，本就是一场来去匆匆的戏，你在戏中的角色、命运也早就做好了安排，任你怎样去更改，亦不会恢复初始的模样。莫不如守在原地，演好自己的戏，待曲终人散，你将清欢来上演，那定是光阴深处最动人的诗篇！

行于尘，总有一抹不温不火的节奏，和着你暖暖的心扉，给你一份不慌不忙的安稳。那么，就让我们来做那个温暖的女子，静静地安享光阴给予的这份欢喜吧！

一袭烟水寒，一剪清月光。有些人，任你倾尽一生的时光，也未必换得来一份地久天长。那么，就安一份如初的心，温一盏暖心的茶；不言人情冷暖，不语人间悲欢；禅意入心，菩提入味。与那个平淡的人，共享岁月静好！

时光的慈，岁月的悲，那一抹淡淡的禅，我深深地喜欢。此去经年，那缱绻在指尖的温婉，依旧是我不舍的流连。我相信，一份清澈如水的缘，始终是时光深处最美的懂得；同时也坚信，那一抹静默相伴，也依旧是岁月凝香中醉人的嫣然……

一季一季，都是读不尽的诗

文 / 白音格力

闲翻书，看了两篇文章，都是写寺院的。一篇写寒山寺，一篇写普救寺。一开篇，两文都简洁，吸引人。

写寒山寺，一行一段：一步恍若千年，千年只是一个擦肩。说一千年前张继孤寂而落寞的身影，刚刚消失在枫桥的那头，一千多年后的自己，则循着那一阵阵深深浅浅、忽远忽近的钟声，匆匆而来。如此心境，实在是好心意，让人理解，为什么那么多人远离尘世来此，只为听听夜半入梦的钟声。

写普救寺，一诗一段：一更山吐月，初夜水明楼。虽是化用杜甫经典诗句，但想想于此张生巧会崔莺莺那一幕，这一句诗，化得如此巧，胜过千言。

夜半钟声，一步千年，终是去了，终是与古人未得见，又惆怅又美好；山吐明月，初夜如水，置身这样的寺与夜，想人生初见时梨花院落月，最终无奈柳絮池塘风，生几丝凉意，但在此山月夜中，唏嘘之余，清凉的景仍是那么美。

这样的钟声，这样的月夜，仿佛不在世间。在心上书页间，清风帮你翻开。

时常会感叹，原来美好的心意如此相通。那次也是闲翻书架上多年前一本刘墉的书，在前言里，他说被人们遗忘，对大自然来说是何其美好的事！那时他搬去一湖畔，临水而居，住一半，留一半庭院，完全不开发，任杂草丛生，藤蔓攀援，杨柳猖狂。

我也曾写过这个"任"字。所以格外明白，隐于世外荒野一湖，与自然寂然相对，该是怎样的心灵胜境。我仿佛也随了去，临水徜徉——在春日，看辛夷、杜鹃、樱花盛放，柳梢织薄纱，湖上雾起；秋天时，阅几分颜色，枫树橡树的红，银杏胡桃的黄，再加上槐树小小的叶片密如雨下……单单的景，任人看任人喜，一霎，心安于一处，满心欢喜。

人一生山光水色，任他东南西北风，山不显，水不露，人不惊。一个"任"字，让草想青就青，想黄就黄；一个"任"字，让天高，让地阔，让心宽。

看过云，看过水，
再看看，云青青欲雨，水澹澹生烟。

记得多年前看过一篇文章，作者提到曾去过的一个山村。进了村，遇狗狗不叫，见鸟鸟不惊，逢人人不躁。我一直认为，那是真正的世外桃源。

在那里，春时澹澹看溪，夏时炎炎赏荷，秋时萧萧望雨，冬时寂寂听雪。从此后，枝枝新芽，院院花香，树树秋声，山山寒色；一季一季，都是读不尽的诗。

或者就如古时童诗中所记——春游芳草地，夏赏绿荷池。秋饮黄花酒，冬吟白雪诗。如此，欢乐几分，热闹几许，染一身好风好水。

因为人在世外，心有洞天，所以才能自在。推门携远山，见溪挽碧水；夜来揽月色，翻书有清风。

清代袁枚，晚年自号"随园老人"，求的自是这样的闲适安逸。他曾说"人闲居时，不可一刻无古人"，想想文中提到的村落，行处，坐处，静处，呆处，哪里没有古人，一定处处是古意；又说"落笔时，不可一刻有古人"，意在让写者"精神始出"，见到自己的真意。但在那样的世外天地，素纸落字，写什么，都缠绵着一份清幽之心，出尘之姿，哪里还需要古人在场？

多年来，心中也时常辟一园，随兴时有花，劳碌时有风。每每走在字里行间，犹如走进春兰秋菊，夏荷冬梅。我在这边轻语，花在另一端喜颜相望。我在冬深白雪窗前一念，整片土地便泛满春意。

为自然赐我这样一份情意，时常我只愿，我是低低不开花的草。在天之广，地之阔，随处都行，春天探头，夏天绿，秋天枯掉，冬天盖洁白洁白的雪。

盖的何尝不是洁白洁白的梦。梦里仿佛一下子遇到春，做了空谷一株兰；又逢夏，整个人如新出荷叶，亭亭净植，换了容颜；直待落花时候，繁华抛却，人共青山瘦；正盼着人间世俗烦扰，"万事到秋来，都摇落"，一路盖满白茫茫的雪。人生到此，一切都静了，净了。

忽然觉得，一生仿佛在一本书里，隐在一行，落在一字。然后，被一个人，一场清风，将我翻开。

书中一个字，一个标点，走的都是山间路，看的都是山间景。耳有深山钟声，心有夜色如水。走累了，看累了，就回到窗前，静静，静在窗前。此时正好，留点时间，给世间往事，被温柔念起。

是的，留点时间。看过云，看过水，再看看，云青青欲雨，水澹澹生烟。人一生，总该有一场烟雨，留在某一时念起，淅淅沥沥，滴滴答答，湿漉漉的纯美。在这一场烟雨里，有人为爱，走在石巷里；有人为花，行在画桥上。

轻握一捧暖阳

文 / 山水

今天的阳光，依旧那样具有穿透力，从老榆枝丫的缝隙间滑落下来，静静地躺在落叶上，枯草边，雪地里，让眼前的田野晶莹起来，使人有拥抱阳光的冲动。

为了不辜负这灿烂，我决定徒步于木扎提河边。走进阳光，天空湛蓝如洗，天山绵延逶迤。芨芨草轻轻地在身边晃动，脚下的枯叶也来了劲，随着清风追赶着脚步，翻滚着，萦绕着，让前方的阳光有些迷离，弥漫于整个冬季的村野，醇香久久，沁人心脾。踩着田埂，任斑驳的光线照射在身上，让外套收获着暖暖的感动。轻握一捧暖阳，将烦恼与不开心抛给身后的脚印，任性地、放肆地纵容自己，将身体实实地

金秋十月，穿行林间小路，
扑鼻的是一股青涩的果香；
如果你仔细品，
还可以品出玉米粒的香甜以及四溢的菊香。

印在雪中，任雪花落在脖颈上，冰凉爽意，瞬间让心情阳光许多。

看暖阳斜行，任落叶翻飞。在这个寂静的茫茫雪野之中，思索一下曾经的生活，其中的点点滴滴，有太多值得回味与思考。生活就须这样，给心情放个假，让紧锁的眉头静静地舒展，让再寻常不过的阳光洒进心房，回味一下拥有的绵长。

成群的麻雀在前方左右翻飞，一会儿哗一声落在杨枝上，一会儿又忽的一下转移到沙枣权间。麦地里，一只只绵羊正低头津津有味地吃着遗落的麦穗和金黄的枯草，旁边一位老乡挥舞着手中的木棍，吆喝着不知所措的羊只，聚集到麦田中央。麻雀、麦地、羊群、牧羊人，这是不是一幅大自然的杰作？牧羊人手中握着的仿佛是一缕阳光，让眼前所有的一切洋溢在它的光辉之下，安静祥和。

面向闪烁的阳光，好似赛菲娅小姑娘伶俐乖巧的眼睛，那样暖，那样亮，暖得让人心疼，纯净无瑕。眸瞳中闪烁着所有的过往，充满着信任与期望，融化了世间所有的冷漠与寂寥。

是呀，这就是阳光的温情，飘洒在村野的每个角落，让万物都能感受到她的抚慰，沐浴她的惬意。你所嗅到的、看到的都是阳光的味道。初春的四月，漫步于田野，你会嗅到春的滋味和青苗的芬芳。艳红的七月，钻入刺痛人的麦芒，整个鼻腔都充满了麦粒甘醇和醉人的芳香。金秋十月，穿行林间小路，扑鼻的是一股青涩的果香；如果你仔细品，还可以品出玉米粒的香甜以及四溢的菊香。腊月的寒冬，尤其是下雪的清晨，房前屋后漫舞的雪花，流露着淡淡的寒香，香裹冰封……

就这样，拥抱着今天，拥抱着阳光，恬淡了心情，享受了馈赠。

走向阳光，让心驻留，静待起航，再次飞翔。

一笔抹就，皓然一色

文 / 矣微尘

我在南方，无冬无夏。

汝在北方，旨蓄御冬。

清晨，汝自北方发来一种素色。天清云净，是满目的素白。

这白，只能用一个"肃"字来形容。

肃，读起来便就有了澄穆、寂静之气，与清泠、淡远之骨。凌凌地泛着霜意，带着冰，覆着雪，啸啸地似有风声。仿佛冬在耳语，言而不言，都呵气成冰。

再看那颜色，自是一片茫茫。底色是白，夹杂着黑色、红色，只一小点儿，其他的杂色无论平时多么美艳，在这季节都淡无颜色。

冬是这样，似乎是万物的终结，又悄然孕育着一个不可言说的秘密。这应是你与我，共守的天长日久。

一切原本大统，此时不言分辩。天与地相连，万物跟随，自是一场天地间的盛宴，悄然无声。

一切皆可雪藏，一切皆可纳入，一切皆可遮掩，一切皆可抹去。画笔成书，那是天地间的大写意，一笔抹就，皓然一色。将一切狂妄、卑微、悲伤、寂寥以及深情——全部雪藏。待来年的春天，化雪也好，萌生也好，那是风的事。

唯有天与地，亘古常在；人情，也常在。

古有诗文言："绿蚁新醅酒，红泥小火炉。晚来天欲雪，能饮一杯无？"白居易在《问刘十九》中，与友人喝着新酿的小酒，红泥小炉映照得屋子通红。推杯换盏时，天色骤变，一场雪即将到来。他说：来，再来一杯吧。

在寂静清泠的茫茫雪野，
风雪遮掩的小小茅屋，坐看繁花，喧闹落尽。

天是冷的，酒是暖的。闻风听雪，依炉尝酒；景致于胸，人情也愈发沉静了。

那是怎样的情致！在寂静清泠的茫茫雪野，风雪遮掩的小小茅屋，坐看繁花，喧闹落尽。相偕知友，同山间寒烟，雪地红炉，一壶浊酒对饮。那冰寂，尚可化雪煮茶，移步论书。若此，这世间就是清静的，不贪不念。一间寒室，你我便也能拥有这乙未春秋。

我喜欢雪，也因了雪，在四时中最喜欢冬，特别是入九以来的冬日。除了寒，也氤氲着俗世温情。

在古代，文人、士大夫之流的消寒活动，择一九日，相约九人饮酒，一逸雅兴。

民间，还流行填"九九消寒图"的习俗。用一幅双钩描红书法，上有繁体的"庭前垂柳珍重待春风"九字，每字九画，共八十一笔。自冬至始，每日一画，晴则为红，阴则为蓝，雨则为绿，风则为黄，落雪填白。九九春回，一幅雅图完成了。再绘制九枝寒梅，一朵一色，朵朵对应，甚是有趣。

元朝杨允孚在《滦京杂咏》中记载："试数窗间九九图，余寒消尽暖初回。梅花点遍无余白，看到今朝是杏株。"想来，是有趣得很呢。

越来越觉得古人的生活实在是有着揣度，与妙不可言的婉约。一段话不能说尽的，便一首词；一首词不能言罢的，就一句；一句也不愿说的，就画在笔先。那些个意思，一笔一画融于俗常中，便有了活色生香的景致。那冬，那雪，也自然是美的，从唐至宋，到明清，也吟诵不完了。

如同此刻。

我在南方无风无雪的晴阳里，写下这文字；你在朔方快雪时晴的风中，微笑作答。

一份静，一份闲，一片禅

文 / 杨峥

六月酷热似火，待在长满钢筋混凝土的大城市里，让人百无聊赖。孩提时感觉这座城市这个季节不应这么热。一个野野的念头，逃离、逃离、逃离，进山画油画写生去。拿起手机，打开微信，慢慢搜索，三个熟悉的姓名跃入眼帘。迅速拨通，只约好两位挚友。行，不多不少。关了空调，锁了家门，开了车去接好友。

车开到了山中的一处小院停下，已是正午时分。下了车，贪婪地呼吸着山野中的新鲜空气，野花野草满山遍地一片青绿。这片山是太行山脉邙山山系的组成部分，沟野里小溪潺潺，微风过处清香徐来，所有旅途劳累慢慢得到天然打理，人也精神了许多。走进农家小院，一对老夫妇迎出了院门。这是两位典型的、朴实的乡村老人，是我们野野三人中一位的远房亲戚，约好在此吃住。

望着小院苍老的土墙，爬满了碧绿的青藤、葡萄藤和角落里的青苔，遥远的记忆就这样不期而至，与竖满了钢筋混凝土的喧哗不可同日而语。多少繁华更换了旧物，可我相信每个人心里都有一种难以割舍的乡情。那长满杂草弯弯的小路，铺满绿色的院坝，还有那苍老的门庭，更有那搬着小板凳看露天电影以及节日搭起的戏台，那一出出、一幕幕你方唱罢我登场的热闹景象，此刻都成了我心中永远挥之不去的牵挂。

第二天清晨，野野的三个人背着画箱进山了。人间夏色，万物竞生，山中景致妩媚撩人，每一种植物都有其不可言说的美丽与性灵，我沉寂已久的情怀再次被这些生灵打动。仿佛一朵花开、一声蛙鸣、一片清风都可以触动我的神经，唤醒我对过去那无忧无虑、自然自在的生活的记忆，无不搅动着我野野的乡愁。就这样我们野野的三个人边走边欣赏着山中的美色。穿过一片林子，刹那间，一片没被野草覆盖的黄土地就这样摆在你眼前，种满了大葱、豆角、黄瓜、辣椒。野野的三个人相互对望了一眼，于是各自开始熟练地打开画箱，眯着眼选景、找角度，坐下开始画了。色调真美，景物、光线与土黄色的农田相映成趣，色彩对比鲜明，很快让人进入了画境。

这么偏远的小山村，竟有这般美色，渺茫天空淡泊的云，映红了的叶子疏疏隔着雾。是乡愁，是这许多说不出的寂寞，是那黄沙一片白杨栅栏围成的草屋，是枯柴爆裂着灶火的声响，是孩提时南昌青山湖畔的百亩荷塘，是这条独自转折来去的山路，是小时候妈妈手里的针线活，是老农背手牵着黄牛走远的背影，是那长满水草的绵远河边垂钓的手杆，还是那对面树林中袅袅升起的一丝丝被晨雾浸润着的炊烟……

思绪就这样又一次打开，边画边想边思，无论坐着、站着，我都一样心跳，心静得像一潭碧水，像对面山峰慢慢飘浮的许多云彩。这朴素的乡村田野简单、安宁，虽没有浓墨重彩，只淡淡几笔勾勒出这片小村田园，却无比的形象生动。画笔在跳动，色彩左一层右一层地铺，感觉所有野野的思绪、乡愁就在这幅画中。乡愁是杯酒……

太阳落山了，山中的晚霞另有一番迷离醉人的姿色，鱼鳞般的淡紫与落日余晖互动，就像一幅天造的重彩画卷。此时，鸟儿入林息窝，悠然入梦。在小院坝里一棵老槐树下，两位朴实的老人已为我们备好了简单而清香的饭菜，都是乡间林地自种的菜蔬，自家粮食养的猪，散养在树林中的鸡，品起来回味无穷，就一个字——"香"。

一朵花开、一声蛙鸣、一片清风都可以触动我的神经，
唤醒我对过去那无忧无虑、自然自在的生活的记忆。

饭后，野野的我独自步出小院。此刻，晚霞渐稀，月光微现，夜色静静地笼罩了整个群山村落，水水的月光透过夜幕洒落在山野中。习惯了城市生活的人，并未察觉，走在灰黑的林间小道上，隐隐约约，萤火飞舞，蛙声袭耳，蛐蛐鸣唱。美好的夜色，难得的时光，就这样敞开心扉，尽情享受。

时光啊，我们还有多少个这样的光景。我会铭记，你的微笑，你的眼神，你的胸怀，你的坦荡，你的无私，你的无情。你是公平的，孩提时总觉得过得太慢，总想着自己可以快快地长大，至少长大到可以在果树下伸手采到一枚苹果，可以站在藤下伸手就摘到一串串黑紫的葡萄。但是，长大了，却觉得流年似水一泻千里，一个回头、一个转身，就远离了那个孩提纯真多梦的时光，各自为了生活、为了理想而奔忙于红尘的深处。年复一年的迷茫，我们的生活不再有花开，不再有华彩，不再有那浪漫的诗句，不再有那真实的坦白。渐渐地被平淡覆盖，被时光掩埋，被岁月剪裁。只有在回忆中平静地期待与徘徊，期待那美好的明天，徘徊于自己的天地。

夜，带着满天星星。记忆里，两三朵娉婷的花默默地释放。荷塘里粉莲的馥香，每一瓣粉色无不映着一片月光。空阔的山野如同梦境，荡漾着心中彷徨的过往，不着痕迹。谁都有沉在池水底的那份记忆。什么时候能再有这一份静，这一份闲，这一片禅，呆呆地孤立在荷塘的月色中，面对着这片墨绿、这片粉香，这群山、这潭水？什么时候还能这样，怀揣梦想，披着夜色中的星辰，聆听山间水溪蹦撞出的天籁？什么时候还能这样，踩着月光，登上山顶，去迎那猎猎呼啸的山风？什么时候才能这样，用心懂得时空岁月的距离，山中苍柏的年轮。今日的静，今日的人，又怎样在这墨色中的夜空划出一道灿烂的星光？

人生中有太多的时光不能唤回。青春、情愫、亲情、幸福、故园以及太多过去的美好年华，连同往日生活中的不悦往事，都默默远离。留存一段记忆只是片刻，怀想一段记忆却是永远。人有时只有熬得住寂寞，才可能重回喧闹；把生活中的苦涩尝尽，就会有自然的甘甜。有时候，一人静坐一日，比忙碌一天要收获得更多。香茗因沸腾之水，才能释放出深蕴的清香；生命也只有遭遇一次次挫折，才能留下人生的幽香。遇见你很喜欢的人，活着活着你便活出了他们的样子；遇见你不喜欢的人，必然会提醒你不要成为这样的人。

有人说：心灵美好就可以；而野野的我说：追求身心灵皆美好。心是心灵的成长与探索，这段短暂的山居独处时光为我带来很好的静思环境，没有电视、没有网络的日子真是充实。留住了时光，留住了一份孤独在这里，可以更清晰地聆听自己的内心，这份清醒带给我力量。心灵就是自我生命的一种心态；静静的心态，就是脱俗的那份静。要学会领悟这份静、这份孤处、这份心态，升华到无时不在的那份禅的意境中。

其实生活只需要拥有一份恬淡平和的心情，一颗自由的心，一份简单细致的人生态度。孤独寂寞不可怕，可怕的是没有那份常态的心、静静如水的心。对我个人来说，对内心无畏无怨的追逐，活出对生活本身的热爱，便是最大的修行，更是最原生态的那份云水禅心。

夜深了，万籁俱静。沿着来时的山路，野野的我静静地孤单单地回返，野野的山、野野的水、野野的我、野野的思绪，就这样慢慢地在洒满月光的山间小路上孤独地畅行、禅游……

我站在，我心中的草原

文 / 山水

不知从什么时候起，草原成了我割舍不掉的情结，随着岁月的流淌，草原俨然已经变成我魂牵梦绕的期盼。蓝天、翠松、野花、牛羊，这些生灵写意着心中的草原。小时还曾梦见片片白云掉落草原，慢慢地变成一朵朵蘑菇，奇怪地膨大，直到我们可以住在里面，肆意撒欢，尽情呼吸那独特的气息，最后自己也变成一朵白云飘摇着飞过丛林，翻过雪峰……

最近再次有机会远离尘嚣的闹市，远离闷热侵扰，去草原寻找安静与清凉。经过几个小时的车马劳顿，终于看见碧波万顷的大草原。当我迫不及待地跳下汽车，冲向山坡，俯瞰眼前的辽阔，总有一种莫名的冲动，情不自禁地面对久违的草原大声呼喊："我来了——我来了——"，任凭这声音在山涧草原上回荡："来了——来了——来了——"线条优美的坡纹，明晃晃的小溪，环绕着山坡绵延远方。不远处的羊群如朵朵"白云"，一簇簇地撒在绿色的草甸之上，随着山风飘摇散开，错落有致，装点着绿毯。旁边飞奔的马匹将默默低头吃草的牛群赶将开来，犹如一朵绽开的雪莲，流动起来；将本就绿波荡漾，色彩艳丽的草原，勾勒成一张花开富贵的地毯，让人留恋陶醉，不自觉地俯下身体，或蹲或匍匐于这绿毯之上，享受这宁静安详。

耳边忽而飘来悠扬激昂的旋律，仿佛是远古的声声马蹄，高傲地驰骋于天山脚下。低沉的阿拜冬不拉，正吟唱着他们的民族英雄卡班拜，抵御外敌保护家园的动人传奇。一阵急促的轮指弦音，像是骏马奔腾，仰天长啸，诉说着卡班拜征战沙场的壮烈场景；不一会儿又婉转多情，悠扬的颤音又将这位英雄与美丽的高哈尔生离死别、不离不弃的忠贞爱情表达得淋漓尽致……就是这高亢悠扬的冬不拉，将一个马背民族的坚韧与顽强，唱响在山水草地之间。舒展着民族的豪情，刚毅着脚下这方辽阔的水土，使得英雄的背影，永远缱绻于这巍峨的天山脚下，提醒后人追随英雄的足迹，永远保护好这美丽的草原。

不知过了多久，头顶的太阳，已慢慢变成金黄，如金饼悬在半山腰，随着我们的脚步一起移动；像一个淘气的孩童，时而藏匿山坡，时而又露出山坳。放眼望去，墨绿的草原已被夕阳的余晖泼上迷人斑斓，粼粼金光。就连不远处的洁白毡房也被霞光变成了一只晃眼的金色蘑菇。山坡旁茂密的草丛中一群羊儿正惬意享受着嫩草，忽然从坡后冲下一匹白马，疾驰地奔将过来，在夕阳中熠熠闪烁，不一会儿就出现在我们的面前。这是一位身着白纱、头顶塔克亚的哈萨克少女，小脸红扑扑的，透着俊秀；清澈的大眼睛挂在浓密的眉毛之下，扑闪着晶莹与纯净。望着这水汪汪的眸子，所有人都不自觉地清理了一下喧闹的灵魂，随着她的目光，远眺已经被金光笼罩的草原，脸上充满着虔诚和纯洁，参悟着凡俗的心灵。瞬间，夕阳下的我们，已成为大自然虔诚的信徒，被圣光沐浴。再看看这位哈萨克少女，已经身披霞光，飞奔而去，像返回天界的仙子，慢慢地飘向红艳的夕阳，消失在葱岭之间。

这时，坡底传出银铃般的歌声，放眼望去，一对情侣和着吉他，忘情地诵唱着《哈孜娜伊》的情歌，余音缭绕着少女哈孜娜伊凄美的故事。美丽善良的哈孜娜伊，像天鹅一样洁白纯情，遇见勇敢勤劳的小伙朱马汗，两人一见钟情，经常相约放牧，辽阔的大草原回荡着他们婉转的歌声。可哈孜娜伊的父亲反对女儿与朱马汗交往，趁转场之际将哈孜娜伊

仿佛成为了一株小草，融入翠绿，
静植于这广袤的大地，继续追寻曾经流逝的青春。

带走，朱马汗只好独自一人踏上转场之路。春去秋来，风雨飘摇，但朱马汗没有忘记自己的心上人，在放牧的路上，一直用这首情歌表达着自己对哈孜娜伊的思念之情：

> 冬去春来又一年
> 星光依旧在
> 哈孜娜依……
> 你我相伴的日子
> 我怎能忘怀
> 就像美梦留心上
> 永远不离开
> 哦，哈孜娜依……

伴随着舒缓的情歌，刚才飞走的少女不知从哪里又变了出来，竟也随着音乐曼舞起来。绣有艳丽图案的白纱裙随风起舞，如曼妙的百花，放飞着心湖圣洁的天鹅，将幸福传递给草原的生灵；塔克亚上的鹰翎也在绒绒的绿草之间若影若现，似马鞭挥舞，激励昂首的骏马，将渴望播散给草原的宽广与豪迈。凄美的情歌，多情的少女，演绎了草原多少悲欢离合的爱情故事……

我就这样一动不动地站着，双腿深深地埋在这绿茵之间，仿佛成为了一株小草，融入翠绿，静植于这广袤的大地，继续追寻曾经流逝的青春。

夜空邃远，繁星漫天，酥油草迷醉着草原。抬头仰望星空，点数着几个认识的星座，思绪也随着目光向北极星的方向游弋飘摇，慢慢飘进了星光的世界，晶莹剔透。星星唾手可得，就情不自禁，想触碰最近的一颗明星，却被冰凉惊醒，原来那是星光散落草原，被多情的露珠包裹，让整个草原变为星星的海洋。一眼望去，星空与草原和远山交汇，神秘而奇幻。此刻感觉我的躯体，真真切切地飘浮于天地合一的圣境，舒淡飘逸。好想就这样永远徜徉在幻境之中，将凡尘之身变成滴滴露珠，随着夕阳的余晖，洒落在流翠的草原，温存在草原的怀抱。让自己也成为草原的宠儿，与星空下的有情人，一同享受大草原赋予的幸福甜蜜。

清晨的草原，湿漉漉的寂静。晨曦悄悄从山峰后露出笑脸，将温暖和煦洒在披满露珠的草原。我喜欢晨曦的草原，喜欢被露珠浸润后惬意的感觉。望着一条若有若无的银色小径，蜿蜒地爬上坡顶，慢慢地消失于坡后，好似昨夜温存的情侣落下的白色飘带，温柔着草原无尽的浪漫。小草在晨风抚摸下，抖落湿润，用扑鼻草香花香，迎接这崭新的一天。此时，白色的毡房，已经炊烟袅袅，雄鹰在蓝天上盘旋打转。早起的牧家女人们走近牛圈，将迷迷糊糊的牛羊惊动，唤醒了朦胧羞涩的草原。女主人熟练地推挤着奶牛膨大的乳头，

　　将乳汁线一样地注入奶桶。毡房边静卧的白马一跃而起，也兴奋地跳跃嘶鸣，一眨眼的工夫就奔上坡顶，沿着那银色的小路飞奔，像一只白色的蝴蝶寻芳而去，渐渐消失在草坡之后，留下满眼的青翠抚慰着我已经荒芜的心田……

　　湛蓝的天空，洁白的云朵，松涛摇曳着翠绿。游荡在群山之间的思绪，已自由驰骋，飘飞在心中的草原之上……

　　相机记录下唯美。绚丽的夕阳、翱翔的雄鹰被定格，流动的羊群、奔跑的白马被凝固，照片中的白纱少女依旧用纯净眼眸，静静地看着我。从她的眸瞳中我看见，在她心中还隐藏着一个更加广阔博大的草原，一片永远广袤翠绿的宁静之地。

　　此刻，我就站在，我心中的草原。

第 **2** 辑

忆一段往昔，
与时光轻轻对饮

一个问题

文 / 胡适

我到北京不到两个月。这一天我在中央公园里吃冰，几位同来的朋友先散了；我独自坐着，翻开几张报纸看看，只见满纸都是讨伐西南和召集新国会的话。我懒得看那些疯话，丢开报纸，抬起头来，看见前面来了一男一女，男的抱着一个小孩子，女的手里牵着一个三四岁的孩子。我觉得那男的好生面善，仔细打量他，见他穿一件很旧的官纱长衫，面上很有老态，背脊微有点弯，因为抱着孩子，更显出曲背的样子。他看见我，也仔细打量。我不敢招呼，他们就过去了。走过去几步，他把小孩子交给那女的，他重又回来，问我道："你不是小山吗？"我说，"正是。你不是朱子平？我几乎不敢认你了！"他说，"我是子平，我们八九年不见，你还是壮年，我竟成了老人了，怪不得你不敢招呼我。"

我招呼他坐下，他不肯坐，说他一家人都在后面坐久了，要回去预备晚饭了。我说，"你现在是儿女满前的福人了。怪不得要自称老人了。"他叹口气，说，"你看我狼狈到这个样子，还要取笑我？我上个月见着伯安仲实弟兄们，才知道你今年回国。你是学哲学的人，我有个问题要来请教你。我问过多少人，他们都说我有神经病，不大理会我。你把住址告诉我，我明天来看你。今天来不及谈了。"

我把住址告诉了他，他匆匆的赶上他的妻子，接过小孩子，一同出去了。

我望着他们出去，心里想到：朱子平当初在我们同学里面，要算一个很有豪气的人，怎么现在弄得这样潦倒？看他见了一个多年不见的老同学，一开口就有什么问题请教，怪不得人说他有神经病。但不知他因为潦倒了才有神经病呢？还是因为有了神经病所以潦倒呢？……

第二天一大早，他果然来了。他比我只大得一岁，今年三十岁。但是他头上已有许多白发了。外面人看来，他至少要比我大十几岁。

我问他什么问题。他说，"我这几年以来，差不多没有一天不问自己道：人生在世，究竟是为什么的？我想了几年，越想越想不通。朋友之中也没有人能回答这个问题。起先他们给我一个'哲学家'的绰号，后来他们竟然叫我做朱疯子了！小山，你是见多识广的人，请你告诉我，人生在世，究竟是为什么的？"

我说，"子平，这个问题是没有答案的。现在的人最怕的是有人问他这个问题。得意的人听着这个问题就要扫兴，不得意的人想着这个问题就要发狂。他们是聪明人，不愿意扫兴，更不愿意发狂，所以给你这个疯子的绰号，就算完了。——我要问你，你为什么想到这个问题上去呢？"

他说，"这话说来很长，只怕你不爱听。"

我说我最爱听。他叹了一口气，点着一根纸烟，慢慢的说。以下都是他的话。"我们离开高等学堂那一年，你到英国去了，我回到家乡，生了一场大病，足足的病了十八个月。病好了，便是辛亥革命，把我家在汉口的店业就光复掉了。家里生计渐渐困难，我不能一出来谋事。那时伯安石生一班老同学都在北京，我写信给他们，托他们寻点事做。后来他们写信给我，说从前高等学堂的老师陈老先生答应要我去教他的孙子。我到了北京，就住在陈家。陈老先生在大学堂教书，又担任女子师范的国文，一个月拿得钱很多，但是他的两个儿子都不成器，老头子气得很，发愤要教育他的几个孙子成人。但是他一个人教两处书，那有工夫教小孩子？你知道我同伯安都是他的得意学生，所以他叫我去，给我二十块钱一个月，住的房子，吃的饭，都是他怕，总算他老先生的一番好意。

"过了半年，他对我说，要替我做媒。说的是他一位同年的女儿，现在女子师范读书，快要毕业了。那女子我也见过一两次，人倒很朴素稳重。但是我一个月拿人家二十块钱，如何养得起家小？我把这个意思回复他，谢他的好意。老先生有点不高兴，当时也没说什么。过了几天，他请了伯安仲实弟兄到他家，要他们劝我就这门亲事。他说，'子平的家事，我是晓得的。他家三代单传，嗣续的事不能再缓了。二十多岁的少年，那里怕没有事做？还怕养不活老婆吗？我替他做媒的这头亲事是再好也没有的。女的今年就毕业，毕业后还可在本京蒙养院教书，我已经替她介绍好了。蒙养院的钱虽然不多，也可以贴补一点家用。他再要怕不够时，我把女学堂的三十块钱让他去做。我老人，大学堂一处也够我忙了。你们看我这个媒人总可算是竭力报效了。'伯安弟兄把这番话对我说，你想我如何能再推辞。我只好写信告诉家母。家母回信，也说了许多'三代单传，不孝有三，无后为大'的话。又说，'陈老师这番好意，你稍有人心，应该感激图报，岂可不识抬举？'我看了信，晓得家母这几年因为我不肯娶亲，心里很不高兴，这一次不过是借发点牢骚。我仔细一想，觉得做了中国人，老婆是不能不讨的，只好将就点罢。我去找到伯安仲实，说我答应订定这头亲事，但是我现在没有积蓄，须过一两年再结婚。他们去见老先生，老先生说，'女孩子今年二十三岁了，她父亲很想早点嫁了女儿，好替他小儿子婆媳妇。你们去对子平说，叫他等女的毕业了就结婚。仪节简单一点，不费什么钱。他要用木器家具，我这里有用不着的，他可去搬去用。我们再替他邀一个公份，也就可以够用了。'他们来对我说，我没有话可驳回，只要答应了。过了三个月，我租了一所小屋，预备成亲。老先生果然送了一些破烂家具，我自己添置了一点。伯安石生一些人发起一个公份，送了我六十多块钱的贺仪，只够我替女家做了两套衣服，就完了。结婚的时候，我还借了好几十块钱，才勉强把婚事办了。

　　"结婚的生活，你还不曾经过。我老实对你说，新婚的第一年，的确是很有乐趣的生活。我的内人，人极温和，她晓得我的艰苦，我们从不肯乱花一个钱。我们只用一个老妈，白天我上陈老家教书，下午到女师范教书，她到蒙养院教书。晚上回家，我们自己做两样家乡小菜，吃了晚饭，闲谈一会，我改我的卷子，她陪我坐着做点针线。我有时做点文字卖给报馆，有时写到夜深才睡。他怕我身体过劳，每晚到了十二点钟，她把我的墨盒纸笔都收了去，吹灭了灯，不许我再写了。小山，这种生活，确有一种乐趣。但是不到七八个月，我的内人就病了，呕吐得很利害。我们猜是喜信，请医生来看，医生说八成是有喜，我连忙写信回家，好叫家母欢喜。老人家果然喜得很，托人写信来说了许多孕妇保重身体的法子，还做了许多小孩的衣服小帽寄来。产期将近了。她不能上课，请了不一位同学代她。我添雇了一个老妈子，还要准备许多临产的需要品。好容易生下一个男孩儿来。产后内人身体不好，乳水不够，不能不雇奶妈。一家平空减少了每月十几块钱的进帐，倒添上了几口人吃饭拿工钱。家庭的担负就很不容易了。过了几个月，内人的身体复原了，仍旧去上课，但是记挂着小孩子，觉得很不方便。看十几块钱的面子上，只得忍着心肠做去。不料陈老先生忽然得了中风的病，一起病就不能说话，不久就死了。他那两个宝贝儿子，把老头子的一点存款都瓜分了，还要赶回家去分田产，把我的三个小学生都带回去了。我少了二十块钱的进款，正想寻事做，忽然女学堂的校长又换了人，第二年开学时，他不曾送聘书来，我托熟人去说，他说我的议论太偏僻了，不便在女学堂教书。我生了气，也不屑再去求他了。伯安那时做众议院的议员，在国会里颇出点风头。我托他设法。他托陈老先生的朋友把我荐到大学堂去当一个事务员，一个月拿三十块钱。我们只好自己刻苦一点，把奶妈和那添雇的老妈子辞了。每月只吃三四次肉，有人请我吃酒，我都辞了不去，因为吃了人的，不能不回请。戏园里是四年多不曾去过了。

"但是无论我们怎样节省，问题不够用。过了一年又添了一个孩子。这回我的内人自己给他奶吃，不雇奶妈了。但是自己的乳水不够，我们用开成公司的豆腐浆代它，小孩子不肯吃，不到一岁就殇掉了。内人哭的什么似的。我想起孩子之死全系因为雇不起奶妈，内人又过于省俭，不肯吃点滋养的东西，所以乳水更不够。我看见内人伤心，我心里实在难过。后来时局一年坏似一年，我的光景也一年更紧似一年。内人因为身体不好，辍课太多，蒙养院的当局颇说嫌话，内人也有点拗性，索性辞职出来。想找别的事做，一时竟寻不着。北京这个地方，你想寻一个三百五百的阔差使，反不费力。要是你想寻二三十块钱一个有的小事，那就比登天还难。到了中交两行停止兑现的时候，我那每月三十块钱的票子更不够用了。票子的价值越缩下去，我的大孩子吃饭的本事越来越大。去年冬天，又生了一个女孩子，就是昨天你看见我抱着的。我托了伯安去见大学校长，请他加我的薪水，校长晓得我做事认真，加了我十块钱票子，共是四十块，打个七折，四七二十八，你替我算算，房租每月六块，伙食十五块，老妈工钱两块，已是二十三块了。剩下五块大钱，每天只派着一角六分大洋做零用钱。做衣服的钱都没有，不要说看报买书了。大学图书馆里虽然有书有报，但是我一天忙到晚，公事一完，又要赶回家帮内人照应小孩子，哪里有工夫看书阅报？晚上我腾出一点工夫做点小说，想赚几个钱。我的内人向来不许我写过十二点钟的，于今也不来管我了。她晓得我们现在所处的境地，非寻两个外块钱不能过日子，所以只好由我写到两三点钟才睡。但是现在卖文的人多了，我又没有工夫看书，全靠绞脑子，挖心血，没有接济思想的来源，做的东西又都是百忙里偷闲潦草做的，哪里会有好东西？所以往往卖不起价钱，有时原稿退回，我又修改一点，寄给别家。前天好容易卖了一篇小说，拿着五块钱，所以昨天全家去逛中央公园，去年我们竟不曾去过。我每天五点钟起来，——冬天六点半起来——午饭后靠着桌子偷睡半个钟头，一直忙到夜深半夜后。忙的是什么呢？我要吃饭，老婆要吃饭，还要喂小孩子吃饭——所忙的不过为了这一件事！我每天上大学去，从大学回来，都是步行。这就是我的体操，不但可以省钱，还可给我一点用思想的时间，使我可以想小说的布局，可以想到人生的问题。有一天，我的内人的姐夫从南边来，我想请他上一回馆子，家里没有钱，我去问同事借，那几位同事也都是和我不相上下的穷鬼，那有钱借人？我空着手走回家，路上自思自想，忽然想到一个大问题，就是'人生在世，究竟是为什么的？'……我一头想，一头走，想入了迷，就站在北河沿一棵柳树下，望着水里的树影子，足足站了两外钟头。等到我醒过来的走回家时，天已黑了，客人已经走了半天了！自从那一天起到现在，几乎没有一天我不想这个问题。有时候，我从睡梦里喊着'人生在世，究竟是为什么的？'小山，你是学哲学的人。像我这样养老婆，喂小孩子，就算做了一世的人吗？"……

做一朵花，开也从容，落也从容

文／白音格力

刘眘虚的《阙题》原来是有题目的，后来遗失了。唐殷璠在《河岳英灵集》里辑录这首诗的时候就没有题目，后人只好给它安上"阙题"二字。

虽然有些可惜，但也有几分妙处。诗中每一句，都是一道风景；其间的禅意，妙不可言。用"无题"犹如留白，能给人更深的美意和想象空间。

它仿佛是寻芳而去的小径，往纵深而有不知归路的惊喜与闲适。你只需从容地走去，仿佛走进一幅画中。

诗曰：

道由白云尽，春与青溪长。

时有落花至，远随流水香。

闲门向山路，深柳读书堂。

幽映每白日，清辉照衣裳。

从白云尽处入径，随一条曲曲折折的小溪走着，去见友人。因为这一句"道由白云尽"，我一直认为，世上一定有一条路，是用诗铺成的。我惊羡这样的诗情，开篇一句，便把人带进了诗情画意中。一路白云旖旎，衣襟上粘着一缕云，眉间染着一缕云；心里要见的，一定也是一个白云般的人。

沿路春光如悠长溪水，偶尔看见落花，落就落了，随流水而去，一路蜿蜒一路芬芳。这样的情致，若没有好情怀，又怎会看到。

一个"随"字，是随了心，随了意，从容闲定，任尘外喧嚣；这一时眼睛看的是美，鼻子闻的是香。世间一切美，都是这般从容啊，如落花，"远随流水香"。

全诗这一句，最美。美在这份从容的情怀。

因为有这样的情怀，所以才能看到友人，把一扇闲门开向山路，才能做一个于柳深处安心读书的人，才能看到幽，

沿路春光如悠长溪水，
偶尔看见落花，落就落了，
随流水而去，一路蜿蜒一路芬芳。

才能任清辉照衣裳。

要做就做这样从容的人，从容地走在诗行里，从容地读一本书；做一朵花，开也从容，落也从容。

苏轼有一篇仅五十多字的小文，名叫《书舟中作字》，写他65岁结束长期贬谪生活回内地，经曲江船遇险滩的经历。当时船上人都吓得面无血色，只有他镇定自若，从容作书。

延参法师写过一篇文章《此心何妨宽几尺》，他在文中说："生活中所有的烦恼丝，根根都是自己吐的。"

说得真好。

世事纷纷扰扰，人心营营役役；路上你追我赶，人前争芳夺艳。有多少人说起苦，苦不堪言；说起累，累如丧狗。

所有的烦恼，不过是我们自己吐出的丝，自己亲手做的茧。

去看一次山林，看山林里的花，看花上的清露，看清露里是不是住下了一朵云；或在窗前翻几页书，听书中流水潺潺，有人煮茶赏花……

人心不过是一个空谷，你堆满了垃圾，便成了垃圾场；你闲闲地种上兰，眉目也会从容地开出兰。

　　岁月苦长，心境可宽。长的是时间之河，宽的是自己的人生两岸。漂得了河，顺得了水，有浪也不怕，浪花道由白云尽；上得了岸，看得了花，有风也不怕，落花远随流水香——这就是好人生。

　　从容者，路迢迢水长长，走到哪一步，都是好风光。"一孤舟，二客商，三四五六个水手，扯起七八页风帆，下九江，还有十里"——留给春风报花信。

剪一段慢时光，舞一段轻岁月

文 / 梅江晴月

　　假如不看秒针快速地运转，只看时针慢悠悠地前行，恍惚觉得时光很慢很慢；假如不是相隔几个月甚至一年才见一面，只是一天天地陪着孩子成长，仿佛觉得光阴走得极度悠闲。在这渐渐溜走的时光里，我们拥有时光缓慢的脚步，我们抓住和孩子在一起的每一个成长片段，我们不放过每一个过程的小细节。如此悠然岁月，正是你我所喜欢的悠闲时光。

　　剪一段慢时光，在纯真的笑容里，与孩童一起度过日常的点滴，陪他度过每一个成长的阶段，让一颗心感知他的欢笑、他的喜欢、他的满足。那些陪伴的时光，跟随着过程中的记录，第一颗牙的惊喜，第一次迈开脚步的欣喜，第一次叫妈妈的欢喜……那些不可复制的时光随着孩子的慢慢长大而显得愈发珍贵，每一个第一次都成了生命中无法购买的珍宝。陪伴，成全了我们的慢时光，纯真而美好。

可是，都市的节奏常常太快，我们一转身便已错过很多身边的风景。路边一朵鲜花的绽放，只有缓慢步行的人才能看得见；天上一朵云彩的舞蹈，只有停下脚步抬头欣赏的时候才能看得到。一本书的光阴，需要静坐慢阅；一段美好的文字，需要一颗安静的心融入其中。

剪一段慢时光，在字句都生出花香的文字国度里轻舞岁月，让一颗心跟随着墨的芳香轻歌曼舞，让光阴在书文的世界里缓慢流淌。都说，爱书的女子最有气质，那一份闲庭信步里满含文字的迷香。"枕上诗书闲处好，门前风景雨来佳"，寒冷的冬夜最适宜在温暖的被窝里躬身而坐，随手拿起枕边的书，吟一段婉约的宋词，诵一首豪放的唐诗，读一个走心的故事，看一段世间佳话；一颗心仿佛也随着文字的氤氲美好起来。

年少时，也曾喜欢酒吧里的嘈杂，在快节奏的音乐里仿佛身心都在跳跃，整个人都轻松起来。那种刺激和欢快，正是年轻时的活力所喜欢的。而如今，还是那样的音乐，听在耳里却总觉得刺耳难忍。此时，一曲高山流水的古典音乐或浪漫优雅的钢琴曲，更适宜在流水的光阴里轻缓而至。一段

剪一段慢时光，在茶韵飘香的一杯清茗里轻舞岁月，
让一颗心跟随者水汽的芳踪袅袅婷婷，
让光阴在一盏茶的时光里静静流逝。

轻音乐的时光，需要一颗安静的心灵，随音乐轻舞飞扬。

剪一段慢时光，在轻歌曼舞的一段轻音乐里轻舞岁月，让听觉在美妙音乐的节奏里缓慢呼吸，让心灵在优美动听的音乐国度里安然放松。听丝竹管弦，铮淙入耳，涤荡着心灵里的每一丝浊气；听凤箫鸾管，靡靡之音，润滑过心胸的每一个角落。慢下来的时光，可坐于沙发一角，闭上眼睛静静地欣赏，把自己从繁忙的事物中释放出来。也可让一段钢琴曲的旋律回响在整个屋子里，让这悠远脱俗的意境充满整个身心。

浮躁和喧闹，常常会吞噬心灵的宁静；酒杯中的时光，曾错以为最是浓情，于是总把自己置身于觥筹交错的光阴里，嬉笑怒骂十分恣意。酒精的刺激，释放的是年轻时的潇洒；而如今，那杯深情的酒却不愿再多喝几口，浅淡了的心事更喜欢一杯茶的心静，于年华的拐角之处，用一盏茶的时光，相约一份浅淡的心情。

剪一段慢时光，在茶韵飘香的一杯清茗里轻舞岁月，让一颗心跟随者水汽的芳踪袅袅婷婷，让光阴在一盏茶的时光里静静流逝。都说，爱茶的女子最是淡泊，那一份成熟稳重里满含着清淡的茶香。"半壁山房待明月，一盏清茗酬知音"，孤独的人是寂寞的。独自饮茶，时间久了，便会生出一颗忧伤的心。淡泊的女子，不惧岁月寂寞的洗礼，却也更喜与三两知己共一盏茶的光阴。所谓知己，惺惺相惜，总能于谈话中获得一份饱满与温暖的感觉。一盏清茶的时光，需要心灵的宁静，和着四溢的茶香把喧嚣和纷繁轻放。

一份静的心情，成全了一段慢的时光，也馈赠了一段轻盈的岁月。人到中年，已经不适合剧烈的奔跑，放慢速度，舒缓身心，剪一段慢时光，走过春夏秋冬的芳华。走累了，停一下脚步，抬头看看天空飞舞的云朵，低头欣赏迎风摇曳的鲜花，把多姿多彩的世界请进行走的生命。随着年龄的增长，拼酒论道的喧嚣已经被岁月长河淹没，不如这一盏茶的慢时光，淡淡品尝茶带来的味道，慢慢品味生活给予的滋味。

脚步太过匆忙，总会错失美丽的风景，生活也会寡淡无味。为生活而奔波的时候，记得剪一段慢时光，轻舞一段美好岁月。拿出足够的耐心陪伴孩子的成长，陪他一起玩乐，和他一起孩子气地放声大笑。每一次陪伴都将是生命长河中最鲜艳的花朵，开在孩子心上，像一缕冬日的暖阳，照在他的人生道路上。孩子的真实，孩子的纯洁，孩子的良善，都会在饱经沧桑的心灵里种下希望的嫩芽。让心灵为这依然美好的点滴而感动，让生命为这依然温暖的陪伴而动容。

剪一段慢时光，把美好的希望根植于心灵之中；舞一段轻岁月，在负重前行的路上放飞心灵的包袱。慢下来的时光，轻盈的岁月，使我们懂得：生活的美好，依然在我们内心熠熠生辉。

我就过我的日子，怎么了

文 / 李月亮

开始全职写作以来，我活得越来越像一只深山老龟。每天慢腾腾地读书敲字，慢腾腾地做饭浇花，慢腾腾地买柿子接孩子；不是动作慢，是心态慢，因为也没什么要紧事。正常情况下，不会有什么人有任何急事找我，所以手机一天不开也没关系，午睡上仨小时也不要紧。

我姐有次买了件特宽松的睡衣，穿上后她说，舒服极了，浑身上下都在里面散着。

我的生活就是那种状态，一切都很宽松，心在里面舒舒服服地散着。

但这散并不是持续的，总有东西冷不丁紧我一下。

跟朋友小聚，我通常提前到场，看她们一个个急匆匆赶来，脖子上常常夹着电话，与客户沟通，向老板汇报，跟下属着急。我很久没那么着急过了，看着她们那张牙舞爪的样子，就像一个退役球员看着昔日队友在球场上厮杀。她们的热气腾腾甚至杀气腾腾与我的慢腾腾对比强烈，这种时候我心里就会不由地主地紧，想我是不是太不上进了啊，我这么过日子将来会不会倒霉啊？

科学研究说，人脑中有一些神经元专门负责指令你模仿别人，比如看见别人打哈欠，它就指令你也打；看见别人买东西，它就指令你也买。所以人有模仿他人的天性。当然，还有些负责逻辑思考的神经元会使劲摁住你，让你不至于跟个傻子似的老学别人。

所以每当我被朋友的忙碌刺激到，就不得不努力开启理性频道，想我到底有没有哪里不对。想来想去，也没发现什么问题。我每周写一两篇专栏，一年出一本书，加上杂七杂八的稿子，收入不比上班少。而且我开销也不大，每年赚的钱花一半剩一半。就这么下去，写到五六十岁收工，晚景也不至于太凄凉。这是经济上。精神上当然也不空虚，写作是个不停往外掏的行当，为了防止自己把自己掏空，我一直好好学习天天向上，大体维持着思想的产收平衡。虽然土埋到大腿了，心智也还在高速成长中。

　　我的生活就是那种状态，
一切都很宽松，心在里面舒舒服服地散着。

我没有出多大名发多大财的野心——主要是没那能力。我觉得这辈子这么活着就挺好，挺满足。

这种知足某种程度上是建立在无知的基础上的。在不知道别人过着怎样优渥生活的时候，我平心静气悠然自得；而一旦看到朋友换了高大上的豪宅，心就又紧了，又会生出"我也想要"的贪念。然后就不得不再次调动理性思维，使劲开导自己，让自己知道既无弄到这种房子的能力，也无弄它的必要。

还有些时候，比如家庭聚会，长辈们会挨个问我们收入，然后对赚得多的大加褒奖，含沙射影地暗示我们这些平庸者奋发图强。我眼瞅着"90后"的弟弟妹妹都成了我的榜样，心情自然不欢畅，自然又忍不住会想，我怎么能再多赚点呢，我是不是该再兼个职啊。然后我又得琢磨兼职赚的钱能不能弥补写作的亏损。答案是不能。所以我还得耗神安抚受了刺激的小灵魂，再重回慢腾腾的状态。

甚至有时候，都不用别人说，我自己就惶恐起来。比如挤在北京人潮汹涌的地铁里的时候，莫名就会有种想出人头地的念头，特别想从 nobody 变成 somebody。

慢慢我发现，在这个拥挤嘈杂人人争先的社会，一个人要平静祥和地专心做好自己那点事相当不易。你既要跟自己的盲从、贪婪、虚荣斗，又要跟那些挤压推搡你的外部势力斗。有时候斗得过，有时候斗不过。斗得过一切平顺，斗不过就纠结万分，觉得自己没救了。

所以我特别佩服那些"走自己的路，让别人随便说"的勇士。当整个社会都认为人应该像工蜂一样紧张忙碌辛苦操劳才是伟大光明正确的，你需要抵抗极大的压力才能安心做一只深山老龟。当别人都穿着职业装风雨无阻奔钱程，你却套着宽大的睡衣舒坦地散着。这种格格不入的好日子，没点勇气没点信念是坚持不下去的——就算你的舒坦不是因为懒惰和贪图安逸，你只是碰巧走上了一条适合你的路。

其实只要不是过于愚痴，每个人大概都能找到一条独属自己的舒舒服服的路；但能不能顺着那条路走上去并走下去，关乎的大概不是能力，而是定力。所以人这辈子要想活得顺溜，就得具备抗干扰性，得有种勇士精神。不是上山打虎下海捉蛟那种勇，而是敢把噪音关在门外，傲然跟全世界说一句：我就过我的日子，怎么了？这种勇，也许才是美好人生的标配。

留一片绿地，给你，也给我

文 / 清溪

欢快的红蜻蜓有一片自由的天空，蜿蜒的常春藤有一条长长的希冀。然而，我们呢？

不想因为我们的孤独，去寻求短暂的解脱；不想因为我们的寂寞，去搜寻片刻的欢愉；不想因为我们的狂热，去破坏甜蜜的宁静；更不想，因为我们的痛苦，去制造更多的痛苦。

留一片绿地，给你，也给我。

真的，像小鸟飞离树梢，如小溪流向远方；瞬息间发生的一切，使你我感到自然又从容。

人，孑然而来，从容一生，所幸的是能遇到能为自己的

将爱的种子埋在心底，
于是，一片久远而温馨的绿地充填了我们心灵的空白……

忧而忧、能为自己的喜而喜的同行者。你我都是多么期待，
有那么一个人或者能为那么一个人而牵肠挂肚，相互把对方
的"我"认作自己。这是一份至善至美的爱。融于心灵的真
挚会使我们的精神世界得以升华，这爱的真挚便化作战胜一
切苦难的神圣力量。于是，爱的曲线在我们拥有的日子里起

伏跌宕着……不过，我们深知情爱不是生活的全部内容，我们不想在韶华将逝的时候，空守着一片寂寞的空地。所以，我们尽力挣脱那份与生命融为一体的爱的羁绊，去感悟和营造爱的真、善、美。

聚也依依，那是在昨日的绿荫之下；散也依依，那是在今日心中的绿地之上。一样真诚的旋律将回荡于明日爱的绿地。因此，我们不把别情写在脸上，也不让离思扰乱心绪，只将它看作一种繁华落尽的宁静，将爱的种子埋在心底。于是，一片久远而温馨的绿地充填了我们心灵的空白……

是的，有这绿地在，当我们痛苦的时候，总会有一首恬静如晚风的歌在我们耳旁低吟；当我们幸福的时候，总会有如鸟语般的歌喉为我们清唱。不错，那是我们互吟互唱的祈祷祝福，我们会因这爱的绿地相伴永远。

留一份纯真、一份美好和一份神圣吧！生活中只要有一种感应存于心怀，心灵里只要有一片绿地写着爱，还会有什么遗憾呢？！

为了曾经拥有的完美和珍贵，让我们留住那片绿地吧！留住那份美好，留住心的祝福。

夏花时节

文 / 洋漾

季节，经过春的洗礼，愈发烂漫而浓烈。那五颜六色的花朵已开得浩浩荡荡，地里的瓜果也伸出精灵般的脑袋，用灼热的情怀，鼓动出繁荣的迹象。

来往于田野锦簇之间，采撷眸中盛放的感动，写下这些文字，满心都是喜欢。

【悠然在南山】

到了夏花开始孕育的时节，日子也变得闲适慵懒。半城绿荫，半城灿烂。

趁着周末，驱车至郊外南山湖度假村。步入山林，躲在

天然的氧吧里，尽享着大自然赠予的浪漫。是不是与王维的
"清川带长薄，车马去闲闲。流水如有意，暮禽相与还"极为
相似？

抚弄裙裾，思绪翩飞，空气里弥漫着馨香。鸟儿在鸣
啭，花儿已沉醉。

目光所及之处，满眼都是清欢：那凉爽的风，身披绿纱，
轻吻六月，将青翠吹拂到了极致，曼妙着一季的葱茏；那不
知名的花儿草儿，甭管相知与否，都赶来赴约，赶来聚会，
赶来拥有这场季节之恋。

啊，真有一种"采菊东篱下，悠然见南山"的意境！

午后三四点钟，太阳不再那么火辣了，换上长衣长裤，
抹些风油精，拿把小锄头，走进了菜园。

已是四季豆收成的时候了，那一根一根的豆角挂在支架
上，从上到下都是。它们有的躲在叶子后面，有的肩膀挨着
肩膀；上个星期还嫩嫩的小小的，这个星期就沉甸甸的垂下
来，像个低眉含羞的少女，展现出绰约风姿。

园子里的西红柿还没完全呈红，许是因为播种迟了的缘
故。不过，它们一部分已经结成果实，一点点长大；还有一
部分，花儿正在开放，还要经历美丽的疼痛，才能修成正果，
才能带给我对视的眼神，才能让我涌现怦然心动的喜悦。

抬头望望不远处的池塘，里面的芦苇窜出了老高，形成

一道屏障；塘里的荷叶比上周稠密了，绿意也更加浓郁了，心里一股暗流激起，心也随之柔软起来。估计再有十来天，这满池该会是荷的婚床了吧？倘若我能心若莲花，心生素白，那该多好！

就做一株植物吧，不仅是一种清喜，更是一种清福，你说呢？它远离尘嚣和荒谬，独自打点着自己的岁月，独自斟酌着自己的清欢。

也许，植物的盛开与凋零，跟人生的缘来缘往一样，都是岁月的一种恩赐，都是时光的一种历练，都是午后的一窗云淡风轻。正因为这样，它们才无所外求，无所设限；它们才得以平静自然，得以真实感受。

晚霞已挂在了天边，不过，它还没有落下，它还在慢慢地期许，静静地等待……

【 黄灿灿的花儿 】

丝瓜花，一种平常的花。在庄稼人眼中，它是喜悦，是收获；在城里人眼中，它是风景，是婀娜。

春天里，栽下种子；夏日里，开花结果。它黄黄的花苞间漾着一泓深情，流露出来的艳丽，是那样真，那样深。

整个夏天，丝瓜都蛰伏在自己的地盘上，一心一意地生长，一丝不苟地茁壮。待绿枝长到 20 ~ 30 厘米高时，便需要搭个架子，让它顺势向上攀爬。

看着它一天天长大，一种灵魂回归之感油然而生。那藤蔓爬满了竹篱，绿绿的，密密麻麻，像一道绿色的瀑布，从竹篱顶部顺流而下。

待到夏末的时候，丝瓜便迎来了它生命中最辉煌的时刻。它一改昔日的绿荫，呼啦啦地冒出许多靓丽的小黄花，肆意怒放。

那明灿灿的一朵朵，一路黄过去，一路黄过去，越爬越高，越来越亮。它鲜嫩欲滴，它妩媚娇艳，它闪烁着吸引眼球的乖巧。

一阵微风吹过，那些可爱的小黄花便三三两两地挤在一起，有的在交头接耳，有的在窃窃私语，那景象与绿色辉映，让菜地充满了惬意，让观赏者溢满了欢喜。

置身丝瓜地里，一种情怀如风倾诉，一怀激动心间泊出。虽然看不见丝瓜的动静，听不到丝瓜的声响，但却能捕捉到它内在的魅力——它正以顽强的意志力延续着自己的勃勃生机。

一棚一世界，一朵一芬芳。这满棚的绿意，这满棚的黄灿，皆因这满棚的姻缘。

或许，在某个夏日的午后，你头戴一顶草帽，脖子上系着一条毛巾，静静地走进丝瓜地，便会感到时光无恙，初识

或许每一株荷花都有一个故事，
或许每一株荷花都为一人盛开。
一池静水，几枚清欢，在这禅意的境界里，
我情不自禁地又开出了惊鸿的思念。

的模样在蔓延，曾经的记忆会在此刻熏香周身。

也许，你不知道，丝瓜花的花期很短，昨天还是神采奕奕，今天就会蔫了，如若遇上一场雨，那这些花朵肯定免不了厄运，立马会掉落下来。

只有等到一朵黄花谢幕后，那拇指般大小的丝瓜胚，才会在雨露的滋润下，从花蒂上悄然生出，丝瓜这时才会展露面容。

半个月前的一天，我蹲在地里无意中发现了一小截有纹路的藤蔓，若不是仔细端详，我怎么也想象不到这便是丝瓜早期的模样，开始的时候它很小，约比其他藤蔓粗一点，不消几日，这些"短藤蔓"就长成了拇指一样长的丝瓜了，这个星期一看，丝瓜已成一尺长了。

现在想想，黄色的丝瓜花，只是丝瓜开始登台前拉开的序幕，待到大幕真正拉开的时候，那满棚的绿色，才是丝瓜欣欣向荣的真实面目。

不经意间，一滴汗珠从鬓角滑落。望着呈现在眼前的丝瓜花，一缕惦念又悄然降临，我不禁想起了去年，你殷切的告白，我薄薄的怀念，又随风摇曳。

亲爱的，你是不是与眼前的景色一样，走过一径浅笑，飘过一肩轻欢，便淡然地掠过，便悄悄地离去。难道你真的会让我"生动过美丽，委屈过温柔"吗？难道你真的会从此

"一别一生"吗？

我不禁感叹起世态炎凉，这琉璃的心事，为何是一片云，一袭烟，这黄灿灿的花儿算什么，这明晃晃的艳丽又怎样，都是过眼云烟，不可能无尽绵延……

【 夏，又深了一寸 】

一到周末，习惯隐身山中。闻花香，享鸟鸣，看翠绿爬满院落，听溪水潺潺流淌，一眉静简，几许清闲。

上周，看院子里的紫藤侵蚀了旁边的三棵大树，特别是紫薇，都被压弯了腰，枝杈都变了形，很是心痛，于是便把紫藤从根部缠绕处锯了。其实，不是我不喜欢紫藤，而是它自私太泛滥，侵害了别人的利益，我也是不得已而为之。

站在露台上，看不远处，满湖的荷叶亭亭玉立，晶莹的露珠在荷叶上闪烁，衬着柔媚，熠熠生辉。或许每一株荷花都有一个故事，或许每一株荷花都为一人盛开。一池静水，几枚清欢，在这禅意的境界里，我情不自禁地又开出了惊鸿的思念。

就这样，夏蒸干了身体里的水分，将思绪从字符里抽离，身体像一棵晒蔫的小草，脱离了供养，失去了灵性。

都说喜欢文字的人是孤独的，孤独得不合群，孤独得祈求美满。当他孤独的时候，就会拿文字出来晾晒，就会躲在角落不轻易示人。

雪小禅说："这人群，是水。分散着孤独，而鱼仍然孤独。因为鱼知道，游到哪里，都游不到另一个人的心里，她必须学会独自分享孤单，必须学会独自一个人，边走边唱。"

我想，我就是那尾鱼，如果我可以远离孤独，我就可以绽放到极致。如果有后悔药可以吃，我就不会把那些往事固执地搁置在心底，让它在体内任意蔓延。

"爱，就是没有理由的心疼和不设前提的宽容。"

"一个人，要有多坚强，才能念念不忘。"

我要等多久，才能学会坚强，才能学会遗忘：不为悸动，不为交错，也不为那句承诺！

不管是明媚还是忧伤，都是途经生命后沉淀下来的一份决然，都是暗香涌动后心事的诠释，都是华丽转身后遗落的一场簌然。花开半夏碎碎念！

唉……夏，又深了一寸……

夏夜思语

文 / 刘仁生

当夜晚城市里的霓虹灯冉冉升起，尽情地闪烁着光的五彩，我独自寂寥地依附在窗前，任夏夜的风，跃过斑驳的栅栏，穿过纱窗轻拂我的脸颊，悄悄地撩拨我的心弦，让无尽的思念渐渐蔓延。静静地凝望着远处大街上那些或脚步匆匆或悠闲漫步的人群，希望从他们的身影中，捡拾到一份美丽的故事，丰盈我此刻无聊的笔墨，璀璨我的夜梦！

每个人心里都有那么一段故事，无法言说，只能无奈地放任那些或伤感或美好的心绪，在深夜里，在一个人的孤寂灯火中，将那些清冷的、丰盈的，孤寂的、愉悦的心情，在一笺寂静的文字里堆砌。怀一颗虔诚之心，轻轻翻阅时光的记忆，任那些飘飞的思绪静静回旋。是谁在夏夜的月色下轻轻低吟，将夜的月光吟唱成一滴晶莹的泪珠，淌过我的眼眸悄然滑落；是谁在轻声呼唤，心语伴随清风，在耳边盘旋回荡，让思念成殇！人的一生，其实遇见便是缘分。有些人纵使千百次地擦肩，却也形同陌路，永无交集；有的人一念后恍如流星，璀璨后便匆匆滑落天际；有的人纵使一次无意的驻足，回眸中的一抹浅笑，却会注定彼此牵念一生。

岁月依旧在指尖慢慢地流淌着。不知从何时开始，我渐渐地染上了孤独，喜欢独自一个人在幽婉寂静的文字中沉醉，喜欢在夜深人静时让思绪溢满曾经的气息。于是，就会忍不住地去伤感，情不自禁地去想念。斑驳的时光，在寂寥的深夜里隐藏，牵动思绪万缕，随风摇曳着心湖的涟漪。蓦然回首，惘然一梦。喜欢这种感觉，忆一段往昔，与时光轻轻对饮，让梦随心动。经年后，当发如雪，鬓如霜，轻轻回眸流年时光里的印迹，令人怦然心动的，仍是那份相知相惜的缠绵。剪一段流年，端坐在寂静的文字世界里，万缕柔情，化作一笺碎碎念，把那份燃情的烈焰，炼狱成一首永恒的诗篇！

听着喜欢的音乐，轻轻打开孤寂的心绪，
任那一抹淡淡的思念绵长浓厚，伴一缕浅浅的牵挂悠远悠长。

　　零乱的思绪，模糊了岁月的眼眸，一路追逐着光阴的脚步，在红尘最深处寻觅，那些遗落在时光里无尽的情怀，是一笺墨香里淡淡笔落的温暖。前世的情，今生的缘，缔结了一份最温情最温馨的遇见。人生聚散本无常，缘分注定了这份相遇的同时，就会把这一切镌刻成一生的永恒记忆。人生匆匆，聚散总随缘。狭路相逢不问因果。如此想来，就会轻松淡然。遇见，别问是劫是缘。若能放下执念，便是寂静安然。一直相信缘分，爱或不爱，依旧不悔一场执着的静静相伴；念或不念，始终将一颗洁净的心在那里安放，莫失莫忘。

　　一季春色，萦绕着枝头；一季酷暑，炽烤着大地；一季秋风，落叶飘扬；一季冬雪，纷飞满天。从陌上花开到刺骨冰寒，四季就这样辗转轮回。婆娑光影，铅华洗尽，泯灭在那些记忆深处的牵念，悄无声息地涌向了彼岸的另一端！人生的潮起潮落，悲欢离合，就是一种伴随着日月慢慢来去的循环！当我们站在繁华的渡口，小心翼翼遥望远方时，才猛然发现，千帆过尽，往事如烟，一切早已物是人非，一颗心迷茫得早已不知所措！得与失，取舍间；笑与泪，情和缘。年华向晚，岁月流离，一切在那回眸一笑中洒脱！

　　一曲舒缓的音乐，犹如这夏夜的风，轻轻拂过我的心湖。寂静的夜晚，我静静地守护着茫茫的夜色，青蛙的鸣叫声如此撩人心弦。一个人的夏夜，没有皎洁的月色相陪，没有深邃的银河相伴，没有醉人的风景相随。一切都是那样的安静。就这样一个人，听着喜欢的音乐，轻轻打开孤寂的心绪，任那一抹淡淡的思念绵长浓厚，伴一缕浅浅的牵挂悠远悠长，沉醉在寂静的文字诗句里，安静地写自己的心情，写自己的故事，写人生的感慨，写人生的感悟。渐渐地习惯了在文字里伤感欢愉。让曾经的一切美好，曾经的所有伤痛，都悄然地沉淀在过去，只剩下一些隐约的记忆碎片。

桥，从心头架起，
通向另外一颗心

文 / 高小莉

村庄是应该有桥的，没有桥的村庄就像人没有了手臂。

河流从村庄的旁边流过，或弹唱，或无声。河流是村庄的一部分，犹如太阳是日子的一部分。你不会感觉到它有多重要，却无法忽略它的重要。生命跟这世界的关联，因为河流而具体起来。

河流从群山的肋骨间流出来，带着群山的体温和呼吸。男人们长年累月在河水里蹚来蹚去，把一些季节的信息让河水捎去远方。女人们一天到晚在河边忙碌，把眼眸洗涤得澄

河流里有外婆慈爱的目光，有母亲般般的叮咛，
还有夏天满山的茶花香，和冬天糯米酒的气味。

澈透亮。桥是石板桥，桥面不是很宽，人和牛在桥上慢悠悠地走。桥上的石头缝里，生长着一些开小黄花的草。靠近水面的地方，就墨绿着青苔。

这个叫大洋的村庄跟我有特殊的联系，正是它让我感觉故乡的温情。漂泊他乡的岁月，我常常静心聆听血脉里流动的细微声响，总是听出了故乡河流的流向。河流里有外婆慈爱的目光，有母亲殷殷的叮咛，还有夏天满山的茶花香，和冬天糯米酒的气味。这一切，都是通过桥传达的。

桥的一头挑着村庄，一头挂着问号一般弯曲的山路。炊烟在屋顶袅袅升起，家在炊烟中温暖而实在。清早，人们走过石板桥，消失在丛山之中。傍晚，一个少妇，或者一个婆婆，在桥头张望了又张望。等待的目光越过山脊，搜寻着山路上走来的身影。做好的饭菜热在锅里，牲口也都侍弄妥当。太阳慢慢下山了，晚霞染红了半个天。终于，等待的那个人出现了。肩上可能是一担木柴；可能是两袋子苦竹笋；也有可能，是一筐番薯。赶紧跑上前，迎着那人儿。无须言语，只有脚板踩地的啪啪声响。

外婆在桥头翘首盼望的镜头，已经在我的心中定格成永恒的图画。年初一开始，外婆就在桥头引颈远望了。舅母说，要是年初五母亲和我们姐妹还没出现在桥的这头，外婆就会眺望成长颈鹿，头发也必定会白好多。外婆离开后，桥头等待的人群就是舅舅、舅母、表哥、表嫂他们。每当我隔着河流，远远地看见我的亲人们等待的身影，再空落的心也即刻充盈起来，眼眶也湿润了。许多我不认识的孩子亲切地围拢我的周围，用很单纯很热切的神情注视我。我血液里的河流又开始轰然作响。

桥，从心头架起，通向另外一颗心灵，承载着眺望和期盼。跨越河流，我走向亲人，走向家。

梧桐树，少年时代诗意栖居的场所

文 / 闻小语

　　丰子恺在其《梧桐树》一文中提到，"寓楼的窗前有好几株梧桐树。这些都是邻家院子里的东西，但在形式上是我所有的。"这话实在有"非我所种，却为我所有"的那种小小窃喜和自得。然而在我，少时的光阴里，却显然有着比丰子恺先生更强的占有欲。小城的梧桐树在夏日里伸展着大大的叶子，覆满了整条简单甚至可以说是简陋的街道；有风拂过，传来的是阵阵仿如乐曲般的沙沙声。那是夏日里别样的风景。这样的风景，在年少的我看来，自然完全是属于我一个人的。

　　我所说的梧桐，自然不是指那种来自异国的法国梧桐。它完全是土生土长的中国式的树木。我不知道在我所居的小城是什么时候开始有的。大约很早就已经栽下了罢。总之，从我有记忆的那一刻，它便已经存在了。整个夏日里，树干笔直，枝叶繁茂，苍翠得紧；一排排，在路的两旁，构成了长长的林荫道。偶尔，还可以穿过密密的叶子，看到上头点缀着一些黄绿色的小花。深秋时节，枝头会挂一些球形的小果子。也许司空见惯了，因此，并不特别引人注意。然而，我以为梧桐骨子里是雅致的。据说，以前有人用梧桐木造琴，音色极好。这和我心目中梧桐的气质相符，实在令人欢喜。

然而，我大约是一个对某些事物消失的细节缺乏敏感度的人。比如梧桐树的消失。事实上，梧桐树一直在消失。起先，是从一条小小的街道开始的，因为城市的扩建和改造。那些建设者们，自然不会对这样一些个平凡的树木有丝毫的怜悯，当然也不会照料我内心曾有的小小幸福。他们砍掉了一排，接着可能是另一排。梧桐树在开拓者们的利刃下，接连倒下了自己的身躯，取而代之的是越来越宽的马路以及两旁的高楼和霓虹灯。这些在他人看来，自然也可算是另一道风景，但已经和我内心的诗意相去甚远。

后来，我离开了小城，生活在别处，一个很难见到梧桐树的地方。离开小城已久，如今的我，倘使回到小城，不知道是否还能够在某个小小的角落找到梧桐树残存的身躯。那大约是不可能的吧。但我时常在某个午后，想起小城的梧桐树，那曾有的小小幸福，还有相伴我走过的十多年的光阴。很多年后，我写了一首小诗，以纪念那些时光。诗句已经模糊，但有一句我是记得的，"窗外的梧桐叶大如脸，青春的容颜已经变得依稀。"这其中自然有我少年时代的小小愁情在里面。然而，梧桐叶如少年时代的我们的脸，这是确切而清晰的。你可以想象，圆圆的、干净的甚至是略带笑意的脸，就像夏日的梧桐叶一样生机盎然，清澈自然。还有那些围绕着小城梧桐树所发生的简单故事。譬如夏日里，手上拿着一本喜欢的书，沿着一排排梧桐树漫步；或者踩着落叶，在秋风中低吟喜欢的诗句。这样的场景一直徘徊在我的记忆里，亲切如昨。

也许，梧桐树不过是我少年时代一个诗意的栖憩场所。又或者，仅仅是回忆，才令我生出了许多的美好。然而，这些都无从解读。多年后，当我查阅一些资料，才发觉，梧桐树本身所蕴含的诗意，远比我少年时代的单纯理解深刻得多。古人对于梧桐的偏好，实在超过了我的想象。无论是李煜"寂寞梧桐深院锁清秋"的愁苦，还是李清照"梧桐更兼细雨"里的相思；无论是《诗经》里"凤凰鸣矣，于彼高岗。梧桐生矣，于彼朝阳"的高洁，还是《孔雀东南飞》里"枝枝相覆盖，叶叶相交通"里的爱情，都曾一度令我迷恋。然而，在我的内心，也许更执着于梧桐树本身的简单，就如同丰子恺先生简简单单的一幅画，简约却不失内涵，单纯却不失想象。

"栽下梧桐树，引得凤凰来"，这固然是一种美好的愿望。只是梧桐不再，那些凤凰又将栖居哪里呢？而我内心的诗意又将栖居哪里呢？丰子恺先生说："自然是不能被占有的，艺术也是不能被占有的。"这句话诚然是确切的。可是，倘使我不存占有之心，仅仅在内心深处期盼一份小小的拥有，在如今的繁华世界里，只怕也未必可得。这样想来，不免怅然。

一年又一年，雪不再落下

文 / 文君

潮湿寒冷的季节，期盼一场雪从天而降，覆盖掉人世间那不忍直视面对的暗；却是一年又一年，雪不再落下。只任由那些飘洒在空中细碎的白，在离地数十米的空中，变成霏霏细雨，弥漫在天地间，慢慢浸湿地上的草木、建筑，以及奔走于大街小巷的行人；当然，也包括隐于行人内心的繁芜情愫。

移居青城二十载，心里盼望的这场雪，从母亲的鬓角一直蔓延到我头顶，就是不肯俯下身来亲吻一地黑褐色泥土，一任我身后隆起的新坟随岁月的流逝，与生命中年年如期而至的北风，悄然而过，归于沉寂。

记得与夫君携手的第二年，我离开县城回到山区，工作地与县城相隔九十里路。其时并没开通客运，平时行走除本单位一辆小丰田隔三岔五去往县城，大多数时间都是搭乘过路车。因夫君身为农话管理，一辆代步摩托便成了我的专车，凡遇休班假日，我们总会风驰电掣般穿行在来回途中。

时值小寒，冰雪世界里，裸露在外的泥土格外珍稀，小鸟小兽常栖息于此寻食。横穿草原而过的电线杆旁，隆起的土堆因土质松散，落下的雪便早早融化，停留在黢黑土堆上的小鸟小兽，常引得草原深处的饿狼出没，有线务员述说与狼相遇，总是令闻者惊心。

又是一轮大倒班，算来夫君也该来接我了，可从清晨到黄昏也不见半个人影，心中忐忑，打电话，却是满耳机嗡嗡声。不巧，线路故障。

晚上十二点，刚躺下便被敲门声惊起。开门一看，夫君和其同事搀扶着走进来。两人又冷又饿，已无说话力气。赶紧热茶侍候，好半天才缓过劲来。

原来，连日风雪导致线路结冰折断，夫君一路查修，来到草原腹地，摩托车停在两三百米外的马路上。接好线路准备下杆时，早有一只狼蹲在杆下虎视眈眈，心里一惊，这要是下去小命怕是不保了。夫君在电线杆上使劲用钳子敲击杆身，电线杆发出低沉的闷响。那狼毫无惧色，起身围着电线杆旋转，不时贴近杆脚嗅嗅，随后退至一旁蹲着不动。夫君敞开嗓子唱歌，不行。又学藏人长吼，那狼依旧不理不睬。张开的大嘴呼出一股股白雾，沿嘴角衍下许多白色唾液，十来米高的杆上也能闻到刺鼻的腥气。

天色开始变暗，草原冬天气温多在零下十来度。白天有阳光照射还觉温暖；太阳一旦下山，北风刮过如刀子一般钻心。此时，在空旷无人的草原上，一人一狼就这样对峙着。处于杆上的夫君长久保持一种姿势，人已快冻僵。这如何是好啊？下去必定成为狼的美餐，不下去不定啥时就成了冰雕。内心一片恐惧。僵持久了，浑身麻木，夫君动了动，借以缓解僵硬的感觉。不意，下垂的手触碰到腰间查线机，内心瞬间充满了狂喜，呵呵，有救了。

当同事开着嘎斯冲过来时，那头守候了大半天的狼，不甘心地站了起来，对着电线杆一阵狂嚎，声音震得雪花瑟瑟落下。

狼消失在草原深处，可冰雪遗下的寒毒却渗入了骨髓。

大雪一场接一场还在草原飘落，夫君带着蚀骨的寒毒转辗于高原与内地，直到最后一场雪覆盖在隆起的新土上，生命中极致的寒便再也没走出未亡人。

旧岁止，新年始。或许，小寒过后冬尽春来，那消散的新土上，便会生出万千新绿，萋萋芳草。

旧梦难醒，壮志曾如铁

在路上，披星戴月，风尘仆仆。

在路上，夜以继日，风雨兼程。

在路上，看惯了春花秋月，看惯了夏雨冬雪；或蓑笠纶竿，或浊浪孤舟，或逆风而上，或顺流而下。行色匆匆里，光阴流转，两岸的风景也早已改变了模样。

想当初豆蔻年华，无知无畏的年龄使风云变色，顶天立地的豪情让江河倒流。在春光里对月弄箫，在夏夜里临塘观荷，在秋风里把酒问菊，在冬日里踏雪寻梅。自以为风华绝代英雄盖世，孰料前途艰险命途多舛，一路行来步履跟跄，处处荆棘丛生，时时瓦砾遍野，以至于三十而未立，四十也

想当初豆蔻年华，
无知无畏的年龄使风云变色，
顶天立地的豪情让江河倒流。

未曾不惑。而今两鬓已悄悄生了华发，却不愿俯首而知天命，蠢蠢欲动的童心依然未泯，兀自做着老骥伏枥志在千里的美梦。

有一段时间，工作确是太忙，忙得天昏地暗，忙得筋疲力尽。生活自是充实，生命也好像绽放了应有的光华，但感觉似乎在这光华中渐渐迷失了自我，远离了生命的初衷。常以清高孤绝为傲，时以淡泊宁静为荣，喜欢在新词中沉静，在古韵里陶醉，那几日却居然走不进文字里去。真想静下心来，卸脱所有的累赘和疲惫，素装轻履，信步而行，徘徊于阡陌之间，徜徉于烟雨之外。临水，照一照草木的倒影，照一照花开的姿态；隔江，听一听故乡的回音，听一听彼岸的笛声。

若机缘刚好不偏不倚，若时光刚好不早不迟，若岁月刚好轮回到这一刻，那么，当飞鸟的翅膀正好擦过黄昏的边缘，是否可以伏案横琴，为我弹一曲高山流水的天籁之音？当夕阳的光影正好落在离人的眼眸，是否可以倚窗挥毫，为你赋一阕凄清苍凉的长短句？

那些年华深处的落寞，那些时光尽头的悲伤，或镌刻在额头，或铭记在心里，洗也洗不掉，抹也抹不去，已然融化成为生命的一部分。无论坚守还是放弃，无论高潮还是低谷，于我们而言，都已不再重要。经历了风雨，也看够了彩虹，那些美丽的时光总是转瞬即逝。铅华洗尽，暮色已经降临，我们是否也该整理行囊，踏上归去的路程？

花非花，梦非梦，往事已随风，不必再寻觅那些散落在季节里的遗憾；鱼非鱼，道非道，一切皆随缘，不必再纠结那些挣扎在岁月中的恩怨。

正值隆冬，雪梅飘香，相逢无所有，聊赠一阕梅：

朔风凛冽，疏梅摇落枝间雪。寒箫夜半声呜咽。旧梦难醒，壮志曾如铁。

此处楼高风更烈，凭栏冷眼看虫鳌。今宵把酒斟明月。多少豪情，尽在心中灭。

留下来的全是美好

文 / 王世正

【初到大连】

1950 年的夏天，为支援东北建设，我们全家从上海来到大连。住进了安静秀丽的岭前区，光风街 1 号。那是靠山斜坡丁字路口的一栋日式平房，小小的院子里有一棵硕大的丁香树，盛开的白丁香散发着醉人的气息。客厅的墙面上镶嵌着华丽的木面装饰板，卧室由精美的纸糊木拉门隔开，地上铺着"榻榻米"，散发着淡淡的香气。门前一道小溪自山上涓涓流淌而下，静静的街道两旁竖立着造型各异的独立洋房，或高或矮，在阳光的沐浴下，寂静而安详地倾听着大自然的变奏。偶有"磨剪子嘞戗菜刀"的吆喝声，飘荡在街头巷尾。

卖酱油的大爷推着小车边走边停地叫卖。打烟筒的技工，背着顶端带有棉团的竹条卷，黑着脸，哼着"打烟囱——"，寻找生意。只要你感觉需要了，那服务的吆喝声便会在耳边响起。没有嘈杂的喧闹，没有闲人游荡，只有夜晚的灯光，宣告主人生活的温馨和悠闲。这就是 1950 年我记忆中的大连岭前区。

【 我的猫 】

上小学前，我最喜欢没事就躺在窗台上晒太阳。小城的宁静，让我浮想联翩：丁香花引来蜜蜂，我会想象着自己就是蜜蜂，在花丛中看着奶奶慈祥的面庞。看着美丽的蝴蝶，没准梦中的我也化身为蝶。一天白日梦忽然被一只黑白条纹的花猫吸引，白白的胸脯，吃饱了就躺在阳光下，没完没了地清理皮毛，俨然把这里当成了家。它喜欢你用手指按摩它颈部肩骨间的软肉，舒服了便咕噜咕噜有节奏地哼着，极为享受和温柔；前爪会不停地上下按动，好似在回报主人的宠幸。日本的建筑地板下有半米多高的空间，通风以隔绝潮气，有数个方形的通风孔，猫儿心情不好时会躲在里面，避免人类的欺扰，时不时还会叼出一只大老鼠来。猫儿高兴时，会回答你的召唤，捕捉你随意摆动的任何物件；用手指随意敲动地板，也会把它从角落里引诱出来。如果距离较远，那就只能用我的童音"猫咪猫咪"地呼唤几声，如果它在附近，'喵喵'的回应便会响起。可如果你把它惹烦了，不高兴便会从它尾巴尖不安的摆动中表现出来，直立的耳朵折叠着贴近脑袋，胡须抖动，微微露出尖牙，开始发出"呜呜"的警告；回头歪起脑袋，抬起一只前爪，报复就要开始！我立马明智地起身站起，防备它那闪电般的一击，用脚与它对峙，让它明白谁是老大。猫儿已习惯了我的伎俩，夺门而逃，钻进了它专属的隐蔽室，我也只能从通风口张望它那两只闪着荧光的眼睛了。想要和好也容易，拿一块好吃的东西，放在洞口，柔声地呼唤它，表示不计前嫌。在食物的诱惑下，亮亮的眼睛慢慢靠近了，犹豫着是否接受主人的善意；等它进入了我的势力范围，老实的话抓住前腿抱出来，不老实揪住后腿拉出来。手上时常免不了留下几道抓痕。我和猫的友谊就这样在若即若离的玩闹中持续着。

一年冬天大雪，北风呼啸，院子里堆了半米厚的积雪。猫儿不幸被隔在外面，三四天不见踪影。松软的雪花使小动物无法涉足，猫咪你在哪里？待到冰雪稍融，忽听得窗外传来依稀的喵喵声，抬眼望去，我的花猫正一步步踏着深雪，艰难地前行。看到主人后，它竟停下了脚步，更加叫得急切，嘴里冒出热气，眼神中充满了即将获救的喜悦。我冲出房间，抱起猫咪，它湿漉漉的脚掌，冻得通红。看得出它躲过了风雪，抗过了饥饿，在紧要关头，拼命一搏，终于回到了温暖的家。

【春夏秋冬】

20世纪50年代的大连，冬季十分寒冷，河水结冰，积雪的时间也长。大一点的孩子会弄两段竹片，站在上面顺着倾斜的马路一路滑下去，只有技术十分熟练才可以办到；多数是将竹片钉在木板上，坐着滑下去。我发现街边结冰的小河，有一段光滑平整，又十分清静，不用任何工具，稍加助跑便可以滑上数米的距离。其间经常会摔倒，也学会了摔的技巧，只要感觉不妙，就迅速下蹲，就势躺倒，绝不挣扎，从未出过危险。这也为长大后滑冰打下了基础。

随着年龄的增长，上小学了，同学间多了集体游戏。打自己制作的陀螺，小鞭子抽得山响，引得老师也要过来试一下。显然这技术活不是随便可以掌握的，不一会便索然无味地离开了。手工课教会了缝立方体的布沙包，踢起来有模有样；只是超不过一位数，不论怎样努力，也无进展。学校组织比赛，还真有能踢到筋疲力尽还不掉下来的女生，让人惊叹。

春天来了，到处开着黄色的迎春花。一种比麻雀略小，长着略尖的喙的鸟，穿梭在花丛中。淘气的男生便会用弹弓打鸟，厉害的能射中高处的麻雀。我有时会打下几米远的"毛溜子"，那感觉就像中了大奖，兴奋不已，便更加热衷地四处狩猎了。

校园里有一条河流过，夏天会有蝌蚪和蜻蜓的幼虫，我抓来养在瓶子里，看蝌蚪慢慢长出后腿和前腿，看蜻蜓幼虫一次次地蜕皮。但等不到它们成型，我的兴趣已经转移，一种依附在大树干上两头白中间黑的"象鼻虫"吸引了我的注意。抓在手里时它会装死，腿脚收缩，一动不动；当它感觉危险已经过去，便会四处爬动，也因此惊到妈妈，怎么会有这样的虫子在我的衣服上到处爬？盛夏大树的叶子也是我们比赛的工具，放在空握的左手上，让树叶盖住拇指与食指形成的环上，右手掌用力地拍下去，树叶的破裂声会砰然发出，响者会非常得意。树叶的柄有坚韧的纤维，可以互相交叉拉扯，比赛谁的更加结实。为了将清脆的叶柄变得柔韧，我们会将它们放入鞋底，沤成深褐色，此时用来比赛胜算较大。遗憾的是晚上脱鞋会发出恶臭，常被妈妈训斥并被丢掉，必须提前藏好。

知了叫了，宣告入伏的到来，天气开始燥热，院子里飞舞着漫天的各种蜻蜓，扑食着一团团蚊虫。我感兴趣的是知了和蜻蜓。在竹竿上绑一个铁环，将蜘蛛网缠绕在上面。蜘蛛失去了它的网，第二天会再织一张。记住这些地点，我的蛛网没几天就变得又黏又厚，成了令伙伴羡慕的捕捉蜻蜓和知了的有力工具。傍晚虫鸣起伏，连成一片。蟋蟀抖动着双翅，发出金属质感的响声。萤火虫会在黑夜里的草丛中发出莹莹的绿光，大概还处于爬虫状态，不久之后便会飞向天空。

秋天的乐趣是斗蟋蟀。傍晚秋虫长鸣此起彼伏，它们会躲在砖缝石孔里。最健壮好斗的蟋蟀则藏身于阳光照射不到的巢穴中，想捉到它们十分困难。可以用葱管向洞里吹气。常常吹得头昏眼花，出来的都是雌蟋蟀，真正的"大将军"是不会轻易屈服的。这时一个灵感闪现。我找出过年未放完的鞭炮，那种最小的有吸管粗细，把后屁股的泥捏掉，放进洞口，点燃引线；一股烟火刺进去，再坚强的"大将军"也要投降了。

闷热的傍晚，大人们摇着蒲扇围聚在一起，在昏暗的路灯下消暑聊天，不愿回家。燃起晒干的艾草拧成的粗绳，浓烟冒起，驱散空中萦绕的蚊虫。那特有的草香与略微呛人的气味，已成为那个时代的记忆。

星期天，街道会在空地支起放映银幕，并传出消息，晚上将上演幻灯《白蛇传》。天色还未暗下来，人群已开始汇聚，上至小脚的老太太被晚辈搀扶着，下至躺在母亲怀抱里的婴儿。为了一场不会动起来的图片音乐剧，而兴高采烈。孩子们的兴趣不在白蛇与许仙的故事，他们四处乱窜，玩起了追逐的游戏。散场了，所有的参与者都心满意足。大人们意犹未尽地回味着，议论着。孩子们则狂奔回家，只为了水龙头里的自来水。

60多年弹指一挥间，现在我已是当爷爷的年龄，找东西成了挥之不去的烦恼；找钥匙，找户口本……找刚刚还拿在手中的物品。忘了昨天准备办的事。可童年趣事却历历在目，犹如发黄的拷贝，保存在脑海中，永不忘怀。生命的美好是你既有现在的精彩，更有难以忘怀的过去；即便时有酸甜苦辣，但留下来的全是美好。

爱你，就像爱生命

第**3**辑

爱情篇

文 / 张晓风

【 两岸 】

我们总是聚少离多，如两岸。

如两岸——只因我们之间恒流着一条莽莽苍苍的河。我们太爱那条河，太爱太爱，以致竟然把自己站成了岸。

站成了岸，我爱，没有人勉强我们，我们自己把自己站成了岸。

春天的时候，我爱，杨柳将此岸绿遍，漂亮的绿绦子潜身于同色调的绿波里，缓缓地向彼岸游去。河中有萍，河中有藻，河中有云影天光，仍是国风关雎篇的河啊，而我，一径向你泅去。

我向你泅去，我正遇见你，向我泅来——以同样柔和的柳条。我们在河心相遇，我们的千丝万缕秘密地牵起手来，在河底。

只因这世上有河，因此就必须有两岸，以及两岸的绿杨堤。我不知我们为什么只因坚持要一条河，而竟把自己矗立成两岸，岁岁年年相向而绿，任地老天荒，我们合力撑住一条河，死命地呵护那千里烟波。

两岸总是有相同的风，相同的雨，相同的水位。酢酱草匀分给两岸相等的红，鸟翼点给两岸同样的白，而秋来兼葭露冷，给我们以相似的苍凉。

蓦然发现，原来我们同属一块大地。

纵然被河道凿开，对峙，却不曾分离。

年年春来时，在温柔得令人心疼的三月，我们忍不住伸出手臂，在河底秘密地挽起。

【定义以及命运】

年轻的时候，怎么会那么傻呢？傻得老在追问定义。

对"人"的定义？对"爱"的定义，对"生活"的定义，对莫名其妙的刚听到的一个"哲学名词"的定义……

那时候，老是慎重其事地把左掌右掌看了又看，或者，从一条曲曲折折的感情线，估计着感情的河道是否决堤。有

我们要朝朝暮暮，
我们要活在同一个时间，
我们要活在同一个空间，
我们要相厮相守，相牵相挂。

时，又正正经经的把一张脸交给一个人，从鼻山眼水中，去窥探自己一生的宿命，一生的风光。

奇怪，年轻的时候，怎么什么都想知道？定义，以及命运。年轻的时候，怎么就没有想到过，人原来也可以有权不知不识而大刺刺地活下去。

忽然有一天，我们就长大了，因为爱。

去知道明天的风雨已经不重要了，执手处，张发可以为风帜，高歌时，何妨倾山雨入盏，风雨于是不重要了，重要的是找一座共同乘风挡雨的肩膀。

忽然有一天，我们把所背的定义全忘了，我们遗失了登山指南，我们甚至忘了自己，忘了那一切，只因我们已登山，并且结庐于一弯溪谷，千泉引来千月，万窍邀来万风，无边的庄严中，我们也自庄严起来。

而长年的携手，我们已彼此把掌纹迭印在对方的掌纹上，我们的眉因为同蹙同展而衔接为同一个名字的山脉，我们的眼因为相同的视线而映为连波一片，怎样的看相者才能看明白这样的两双手的天机，怎样的预言家才能说清楚这样两张脸的命运？

蔷薇几曾有定义，白云何所谓其命运，谁又见过为劈头迎来的巨石而焦灼的流水？

怎么会这么傻呢，年轻的时候。

【 从俗 】

当我们相爱——在开头的时候——我们觉得自己清雅飞逸，彷佛有一个新我，自旧我中飘然游离而出。

当我们相爱时，我们从每一吋皮肤，每一缕思维伸出触角，要去探索这个世界，拥抱这个世界，我们开始相信自己的不凡。

相爱的人未必要朝朝暮暮相守在一起——在小说里都是这样说的，小说里的男人和女人一眨眼便已暮年，而他们始终没有生活在一起，他们留给我们的是凄美的回忆。

但我们是活生生的人，我们不是小说，我们要朝朝暮暮，我们要活在同一个时间，我们要活在同一个空间，我们要相厮相守，相牵相挂，于是我们放弃飞腾，回到人间，和一切庸俗的人同其庸俗。

如果相爱的结果是使我们平凡，让我们平凡。

如果爱情的历程是让我们由纵横行空的天马一变而为忍辱负重行向一路崎岖的承载驾马，让我们接受。

如果爱情的轨迹总是把云霄之上的金童玉女贬为人间烟

火中的匹妇匹夫，让我们甘心。

我们只有一生，这是我们唯一的筹码，我们要合在一起下注。

我们只有一世，这是我们唯一的戏码，我们要同台演出。

于是，我们要了婚姻。

于是，我们经营起一个巢，栖守其间。

有厨房，有餐厅，那里有我们一饮一啄的牵情。

有客厅，那里有我们共同的朋友以及他们的高谈阔论。

有兼为书房的卧房，各人的书站在各人的书架里，但书架相衔，矗立成壁，连我们那些完全不同类的书也在声气相求。

有孩子的房间，夜夜等着我们去为一双娇儿痴女念故事，并且盖他们老是踢掉的棉被。

至于我们曾订下的山之盟呢？我们所渴望的水之约呢？让它等一等，我们总有一天会去的，但现在，我们已选择了从俗。

贴向生活，贴向平凡，山林可以是公寓，电铃可以是诗，让我们且来从俗。

我们活成一个童话

文 / 阿紫

相遇前

我们是一部小说

在各自的故事里

孤独地挣扎

相遇后

我们是一本诗集

你写青青的草地

我写朵朵的繁花

和你，在喧嚣的世界中，
活成这个世界都不会相信的童话。

直到有一天

下雪了

一道白色的虹

呼唤我们一起出发

才明白

这辈子最幸福的

就是和你

在喧嚣的世界中

活成

这个世界

都不会相信的童话

倘若我心中的山水，你眼中都看到

文 / 云水禅心

　　素来喜欢过简单的生活，不喜欢钩心斗角，极度讨厌那些是是非非和尔虞我诈。一度想逃离现世，隐于山野，过田园生活。可是又常常不能脱俗，只好一天又一天地与这红尘纠缠不清。

　　走过了小半生的光阴，一直都是粗茶淡饭，素衣素食。从来都没有想过要去伤害谁，更不会去追名逐利，只想自由自在地生活。可是，很多时候，许多事情却由不得我们，命运就像蒲公英的种子一样，从来都是居无定所，无法掌控。

　　我们常常为错过一些东西而感到惋惜，但其实，人生的玄妙，常常超出你的预料。无论什么时候，你都要相信，一切都是最好的安排。

我总是觉得这世上的许多事情都是命定的。遇见谁，爱上谁，相信谁，离开谁，许多时候都由不得自己，一切早已注定，任你怎么努力都无济于事。既然如此，我们又何必杞人忧天，让自己那么累呢？还是顺其自然的好，相信，那些从来不曾离开过，到最后一直都在的东西才是真正属于自己的。

临窗听雪，煮一壶清茶，填一阕青词。墨已入水，渡一池青花。揽五分红霞，采竹回家。悠悠风来，埋一地桑麻。一身袈裟，把相思放下。十里桃花，如待嫁的年华。倘若我心中的山水，你眼中都看到，我便一步一莲花祈祷！怎知那浮生一片草，岁月催人老，风月花鸟，一笑尘缘了。

红尘深处，我披着禅的袈裟，若一剪寒梅，从三千年前的《诗经》里走来，穿过依依古道，越过魏晋玄风，携着唐风宋雨，落在了富有闲情的江南。那一世，我以遗世的姿态生长在蒹葭苍苍的水湄，临水照花，衣袂飘飘。

这一生踏雪寻梅，仿佛是宿命的约定，这约定，期待了三生，穿越万水千山，才与你悠然地邂逅。我踏雪而来，没有身着古典的裙衫，没有斜插碧玉簪儿，也没有走着青莲的

我只是来轻叩深深庭院里虚掩的重门,
来寻觅纷纷絮雪间清淡的幽香,来拣拾岁月里华丽的背影。

步子。我寻梅而来，没有携带匆匆的行色，没有怀揣落寞的心情，亦没有心存浓郁的相思。我只是来轻叩深深庭院里虚掩的重门，来寻觅纷纷絮雪间清淡的幽香，来拣拾岁月里华丽的背影。

时光淡然如莲，每一天都如约而至，每一天都静好如初。我多么希望每个人都捧一颗真心来，与这世界慈悲为怀。愿这红尘静默如初，也许真的才会有我想要的岁月无殇，流年无恙。

每一天都行走在这万丈红尘里，身边过客如云，世态炎凉，看那行行色色的故事在红尘里翻滚，听那闹市的喧嚣在西天升腾出动听的禅音。我也只是路过这红尘人间，我只是一个普通的过客，且让我寻一隅清幽的庭院，打坐，诵经，念念成禅；拈花，微笑，且行且珍惜。

光阴的手，总是温柔地抚摩着每一个日出日落。绕过花开花谢的繁华与落寞，捧一段清宁的时光，安然地置于掌心，淡淡地弥漫着花开的馨香，让如水的年华绚丽，温润着岁月的心田。

越来越喜欢素简的东西了。譬如穿衣，喜欢单一素雅的颜色，看着干净。棉麻布衣，虽不奢华但是穿着很舒服，喜欢这种随心所欲的感觉。一头长发，十几年了，也不舍得剪短，随意地扎在一起，没有华丽的装饰，但却很惬意。也许骨子里就是一个素面朝天的女子吧。

半生素衣，流年如水，光阴如花，守着一份简单的爱情，日出而作，日落而息，于我已是最大的幸福。只想每一天，都和他一同享受着清晨的阳光、细细的微风、甘甜的雨露，共赏美丽的黄昏。我想，爱情就是这样相濡以沫过一生吧。接纳与磨合，甜蜜与苦难，一起走过，让爱历经流年。唯这平平淡淡之中的携手与幸福，才更珍贵。

有花，有影，有情长

文 / 百合心语

入秋的夜，水色含羞，花影轻走，月光似乎也变得娇柔。窗外，风躲在檐下，等我悉心收留，想必，它也知道万千山水，终究藏不住相思的愁。往事一幕幕，若水东流。你在书中，读月知否；我在月光里，看满地秋。

——题记

当第一枚叶，悄然飘落在手，我知道，那是嫩绿几经岁月的洗礼，眉宇两侧，刚刚有了一点点微黄的清瘦。若有一天，指尖的山水，可以将嫣然明净的风骨，清晰而灵动地弹奏，于时光深处，邀上秋风，便可与时光共白头。

如果可以，想和你在月亮上走一走，一起看花，看水，看藏在裙摆下面的黑夜和水流。最重要的是，想和你一起看秋，看一朵小花，用温婉的情意唤醒红豆；看相思，如何在寂寞里盘点着相守；看秋风，淡淡抚去花影薄薄的忧愁。有你，有我，不言，不语，只是静静地看着，将心停泊。

晨曦中的花朵，娇羞含香，似在等一个归人，又似在岁月的长河里娓娓诉说，说风的故事，说雨的寂寞，说你我如何在爱里相遇，又在静夜微凉里匆匆别过。

素来喜欢静默。静静地听风声，拂过纸页浅浅而过；静静地看陌上，光影翻越矮墙，花开朵朵；静静地听雨丝，淋湿了婀娜，露出美丽的旋涡；静静地看词语，与金黄的秋韵交错。静静的多美，美到墨色独语，美到花随风落，美到静水温和，美到枫红羞涩。一切都静了，才有了真的自我。

关于花影，总想说点什么，可是我又怕，简单的词语，拼凑不出我爱它的执着；每日跟随它的游移，或开心，或沉默。若有一天，我厌倦了花间的漂泊，独自一个人，在万千山水中静坐，你是否会铺开一笺素白？捻花成墨，只为，时光疏离以后，还有爱在岚语中闪烁。

我怕，秋的篱院，门庭深锁，让你我无法靠近，无法将一纸心事再次临摹，只能随十月的风，在光阴之外悄然飘落，到那时，秋花荼蘼，静水枯竭，时光垄断了两情相悦，爱，

只用心记录那些曾经的美好，任记忆纷飞，
不染花凉，心中便会因爱而生出，温暖与阳光。

在诗行的尽头，开成孤寂的火花。

反反复复地书写，只为有一个人能够懂得，枫红的季节，有相思在花影里婆娑。虽然，曾经的柔情蜜意，如今读来，已不浓不烈，可那是，一生的欢喜，最温和的妥帖，若，一首久唱的老歌，每每响起，温暖轻轻唱，泪光轻轻和。

喜欢，纸和笔静好相对的时刻，一黑一白，宛若黎明混着夜色时，邂逅静好的岁月，流淌着轻柔重叠的温良。暮秋深处，素白的纸张，写下一枚印记，纸页间便有情意滑过指尖，敲击着心绪，将思念拉得那样长……

晨风微凉，守着一窗旧事，等你路过花开的前方，或许，一季绿肥红瘦，徒留了满地忧伤，有些记忆在匆匆行走中，还是不小心被遗忘。不过，岁月会记得，这里也曾是素笔描心的地方，虽然没有韶华纷纷，衣袖水乡，却是花影轻笑，处处美好绵长。为了读懂你，我用尽夏末秋风的温润，外加一生的时光。

时至深秋，阳光渐渐清凉，花影里夏的余温，未曾散尽，经历着静寂和相思。始终相信，草木有寸心，终有一日，光阴薄了，薄成短短的仰望，光阴淡了，淡成浅浅的忧伤，那又怎样？只需紧握心中，一剪小小光亮，稍稍剥开一程冬雪的阻挡，循着风的走向，依然可以，安暖而又自由地生长。

眼看，手心里的日子，就要凉透在秋天的旧巷，有一丝丝期待，也有一点点的彷徨。不知道，哪一天？我们也会在光阴的静默里忘了彼此的模样，无从知晓，是在花影里不动声色地老去，渐渐地，渐渐地在余温散尽的荒漠里，将沉默一一丈量。或许，烦琐的茫然，让季节别有深意地换了秋装，如窗外的那两三朵暖阳，悄悄走进窗台，坐于，我写给你的字上。

窗外，天色深沉，落花纷飞着，将心事隐藏，唯恐不小心撞疼了记忆，露出离别的忧伤，许是易感，不想去读人潮熙攘。陌上青绿，人来人往，哪一个不是为了素日，每天在红尘里奔忙。深夏渐移，暮秋观望，不写字，不猜想，只静坐一隅，等一场雨无端来访。

等一场雨，悄悄恋上北方，昨日的一程山水，转眼已被季节换了篇章，而我，只携一缕秋风，将那些来的去的情意静静品尝。或许，一纸素笺，临摹不下光阴的流淌，但我还是执意为你，写下只言片语，哪怕冬日来临，你的小世界一样，有花，有影，有情长。

人生，总有一段旅程，需要一个人孤独地走在路上，甚至要绕过春天里，种下的那一篱百合花的香。不去管，秋天的燕子又落谁家的窗，也不在乎，手心的笔，如何将一份相思分行。只用心记录那些曾经的美好，任记忆纷飞，不染花凉，心中便会因爱而生出，温暖与阳光。

　　花迎夕阳，影子爬上老墙，席卷着秋的味道，把夜幕的钟声敲响。十月的风，渐渐隐去了耀眼的光芒，不知从什么时候开始，它也恋上了秋的眸光，或许是因了，秋有美人的情长，一转身，静美而不失端庄；一回眸，纷落满笺暗香。一纸绿，一墨黄，无不是秋，深情地绽放。

　　穿过记忆的诗行，看一味秋色，在季节深处飘荡；听一缕闲风，在斑驳的青绿上返航。想必，每一个季节，都有每一个季节的吟唱，白云悠悠，暮色绵绵，多想，采一季明媚，承载着心的原乡，不管多远，总有一天可以抵达想去的地方，到那时，花影倚上轩窗，一枝一叶，朵朵明朗。

　　九月就这样匆忙，暮晚长风，拂袖花影，都成了旧词里无法合拢的渴望，那些纤细的语，那些指尖的书，曾一度舒展着思绪，伴我走过一程，又踏过浩瀚茫茫。多少次捧着秋心，站在微凉里，看落叶在风中飞舞，看花影在墙角下悠扬，静心感受这一切，美好或失去，莞尔一笑后，看着满地秋色，继续着日常。

你是爱，是暖，你是人间四月天

文 / 云水禅心

倘若人生是一场修行，那么光阴就是一壶禅茶。流年的庭院里，绿萝打湿了诺言，青绿的往事缠绕着沉痛的过往，青花瓷的碎片上残留着城南旧梦，锦瑟年华高高地挂在檐角。光阴的菩提树下，时间煮雨，岁月缝花，红尘辗转，流光飞羽，菩提花开，这是一个慈悲的道场，浮华散尽，时光不语，禅心如许。

有人说，世间所有的相逢都是久别重逢。

其实，世间所有的缘分，原本都是寻常的，只是因为有些故事流转了千年，有些等待辗转了几世，有些爱情一生美丽，有些相逢照亮了生命中最美的年华，有些遇见温暖了一颗孤寂的心，才令人觉得每一场遇见是多么不易，又是何其幸运啊！很多时候，我们所看到的幸福与灾难，总是在命运的河流里同时存在，宛如飘萍无根，到最后再也分辨不出彼此存在的意义，于是便觉得爱情里是没有谁对谁错的。

一个不经意的瞬间，一次寻常的邂逅，一抹惊艳的丽影，演绎了一段刻骨铭心的爱情，一个刹那便是永恒，那一场康桥绝恋，从此成了他一生的牵绊。

她是那个从三千年前的《诗经》里缓缓走来的女子，那个历经唐风宋月的女子，是他生命中金风玉露的相遇，他所有的等待都是为了遇见她，她是民国世界里的绝代佳人。

民国才女林徽因，一个聪明绝顶的女子，她秀美婷婷，落落大方，既有江南女子的温婉底蕴，又受到西方文化的熏陶，她柔情又聪慧，典雅亦高贵。她博览群书，领略名山大川无数，结交过与她社会地位相当的名家。这样一个婷婷婉约、秀丽清灵的女子，她是莲花之身，不惹愁牵怨，不悲天悯人，不哀乐缠身，不染红尘俗念。然而，她更喜欢幽居在自家绿肥红瘦的庭院里，依于壁炉边，调一杯原味咖啡，读书静思。

然而，在她最美的年华里却遇见了不该遇见的男子。是幸，还是不幸？他，民国才子徐志摩，那时，他二十四岁，早已成婚，且有一个两岁的孩子。而她，二八芳龄，并早已

在草木深深的庭院里，守着一扇古老的幽窗，

看夕阳慢慢地落尽，听隔世的梵音在尘世的经卷间响起。

知道父亲将她许配给梁启超的长公子梁思成。她虽受西方教育，却是个知书达理、有涵养的女孩。一次惊艳的初见，点亮了她纯净的年华，她澄澈如水的内心，因为他的出现，泛起了层层涟漪。徐志摩给了她世间寻常男子所不能给的诗情画意和温柔的感动。遇见他，她写下了脍炙人口的动人诗篇：我说你是人间的四月天，笑响点亮了四面风，轻灵在春的光焰中交舞着变换。你是柔嫩喜悦，水光浮动着你梦期待中的白莲。你是一树一树的花开，是燕在梁间呢喃。你是爱，是暖，你是人间四月天！

　　林徽因本就是个生来可以令百花失色的女子，她有闭月羞花之貌，又有咏絮之才，这样的女子，她的人生注定是一个传奇，即使没有徐志摩，她的一生亦不会平淡如水。以她的美貌和才情，无论行至何方，所遇何人，命运皆会有不凡的安排。

　　遇见她，他内心的情感早已波涛汹涌，泛滥成灾，而她始终沉静柔婉，温良无恙。林徽因并非无情，只是她过于聪慧玲珑，过于睿智清醒，她不能轻易成全爱情，背叛现实。尽管她只有十六岁，但她清醒地知道投身一场注定无果的爱情需要付出怎样的代价。她坚强亦薄弱，没有更多力量去承受和担当，亦做不到为了爱委曲求全，最终选择了华丽的转身。

梦想总是美好的，现实却也总是骨感的。徐志摩在康桥水畔，默默守候寻梦，撑一支长篙，向青草更青处漫溯；满载一船星辉，在星辉斑斓里放歌。西天的云彩，河畔的金柳，康河的柔波，欢唱的夏虫，见证了他的欢乐和忧伤，苦苦地寻觅守候，并没有换来美好的结局，他终究得不到他想要的爱情。也许，每个人的心中都有一片越不过的沧海，一条蹚不过的河流，一个圆不了的梦，一段忘不了的情，一个回不去的曾经。

都说红袖添香，情深不寿。明知这般，依旧会有那么多人飞蛾扑火般地去奔赴一场不可抗拒的爱情，不管结局如何，哪怕是万劫不复也在所不惜。也许爱情本来就是一场宿命的邀约，该来的人一定会来，该去的必然会离开，是缘分也是命运，是注定也是成全。

上帝派我们每个人来到人间，各有信仰，各有使命。林徽因的一生注定是为了被爱而生，徐志摩的一生注定是为了爱情而来，这个生在云端的奇女子，命里注定是这红尘深处的"万古人间四月天"。纸上相逢，林徽因与我毕竟隔着民国的往事如烟，她始终在民国的城池中做她绝尘淡雅的白莲，不扰不惊，不生不灭。而我则在平淡的现世，安享岁月静好，经受着寻常的悲欢离合，生老病死。

在草木深深的庭院里，守着一扇古老的幽窗，看夕阳慢慢地落尽，听隔世的梵音在尘世的经卷间响起。这世间本就没有什么时光不老，我们不散，一切都是缘分的安排。时光总会静静地老去，真的就这么老了，岁月忽已老，年华行至白发苍颜处，才悟得了"看取莲花净，应知不染心"的真谛。光阴的菩提树下，多少冥顽不灵的草木众生，都可以在这里一一超度。行吟山水，一梦千年。流年若水穿尘，青梅的故事穿过江南的烟雨，飘散在遍布绿苔的院落里，旧时的庭院依旧有桃红柳绿，而当年的流水已经不复存在，往事不过是一场云烟。

庭院深深深几许，菩提花开一树禅。红尘摆渡，时光越老，人心越淡。煮一壶光阴的禅茶，静坐在慈悲的菩提树下，读几卷渡世的经书，愿洗尽铅华的你我，安享盛世流年，听爱有来生，品时光知味，心似莲花静静开。剪一段清凉的流水光阴，绣几朵禅意的清欢，邀你共度这一世红尘幸福！

孤傲，一种会呼吸的痛

——写给张爱玲

> 笑，全世界便与你同声笑，哭，你便独自哭。
>
> ——张爱玲

我们总有理由想起张爱玲，因她的才华，因她对世事的透彻领悟，因她不屑于世故的特立独行。

她精致的文字，她凄婉的爱情，她离开世界时的落寞，总让我们心底那一点柔软的东西悄悄展开。但她不需要我们的怜悯，因为她是孤傲的，这份孤傲的疼痛是她自己的选择。

"喜欢一个人，会卑微到尘埃里，然后开出花来。你死

一个生活在自己故事里的人，
即使飞蛾扑火，她也会站在火光之上，
跳出经典的舞蹈，展现优美的舞姿。

了，我的故事就结束了，而我死了，你的故事还长得很。"这就是张爱玲对爱的诠释。

胡兰成，一个让张爱玲疼痛了一生的人。为了他，张爱玲几乎倾尽一生的情感。她爱胡兰成，她不介意胡兰成已婚，她不管他的身份。她不在乎世人的目光，不在乎别人的评价。她爱了，爱得很单纯，爱得很用心，爱得很苦。见了胡兰成，她变得很低很低，低到尘埃里。但她心里是欢喜的，从尘埃里开出洁白的花朵。他们曾经拥有相看两不厌、连朝语不息的甜蜜，他们也曾经有过脉脉无语、无语凝噎的深情。那时候的她，文思飞扬，1944 年到 1947 年这段时间，是张爱玲创作生涯中的黄金时间。1944 年 8 月，她发表了第一部小说集《传奇》，仅四天便销售一空。此后《沉香屑：第一炉香》《倾城之恋》《金锁记》《红玫瑰与白玫瑰》等十几部作品相继问世。而那时候的他们，"岁月静好，现世安稳"。

张爱玲把自身对音乐、绘画的良好感觉融入她的文字里，使她的文字颇有感染力。她将人性中永恒的东西隐藏在小说里。她把男女情爱的本相、婚姻的本质，赤裸裸地刻画出来。她的小说超越了那个时代。所以李碧华评价她是一口井，"古井无波，越淘越有""文坛寂寞得恐怖，只出一位这样的女子"。

她用她的文字，在生命里跳着孤傲的舞蹈。她的文字是尖锐的，所以她总让人觉得刻薄，让人生出一种寒意。而熟悉她的小说的人都知道，她心里依然有一份宽厚和慈悲。她总是用宽厚之心去原谅她作品里的人物。因为懂得，所以慈悲，这也是张爱玲对她和胡兰成之间爱情的理解和总结。

她和胡兰成的这段感情，颇受非议。对错与否并不重要。她，只是一个生活在自己故事里的人，即使飞蛾扑火，她也会站在火光之上，跳出经典的舞蹈，展现优美的舞姿。这就是张爱玲，尘世里一朵孤傲的花。

然而，这份情，让她痛彻一生。她如花一样凋谢了，凋谢的不只是她的心，还有她的写作才华。她将孤傲隐藏在她对世界深刻的感悟里，她将生命植根于那段沉默清绝的时光中。

然后，她孤独地走了，留下的，只是一片苍凉，声声叹惋。那种孤傲，那种清冷，守护着她过去的灿烂。那些深刻的文字，那些精美深沉的句子，在时光的回廊里，耀眼而凄凉，化为一种美丽的会呼吸的痛。

感谢你，曾来过我的生命里

文 /Apple

有很长一段时间了，莫名地喜欢上了听电台，喜欢在深夜里，聆听那些情感主播讲一些或甜蜜或悲伤的爱情故事，而爱情故事听得多了，不禁又增添了一些感慨。人生仿佛就是一趟旅程，在这条长长的路上，人来人往，聚散离合，谁是谁非，谁对谁错，又有谁能说得清呢。

美丽的爱情，总是令人憧憬，或许每个人的生命中都会有一个人，在你不经意的时候闯到你的心里，使你尝到了爱情的味道，幸福而美好，从此让你甘愿为他哭为他笑，为他把一份美丽的情怀固守到老。

然而岁月总是多情又无情，有相遇让你的心情美丽，也会有别离让你的眼睛潮湿，许多美好的事物往往都很短暂，如同昙花一现，给你惊艳的美丽，刹那便成了永远，嫣然了一段时光，温柔了一段岁月。

时光向来薄情，无论谁有多眷恋，无论谁有多不舍，都不肯为任何人停止匆匆而过的脚步，一些缘分。也就在不知不觉中，随着时光的流逝走到了尽头。正如我的一位好友，前段时间来我这里，她告诉我，她和男友已经分手了，她伤心欲绝，哭着说他太无情了，她怨他，她恨他。

他们是典型的校园情侣，也曾轰轰烈烈地爱过，形影不离，甜蜜幸福地度过了四年的大学时光，但毕业后，一个去了南方发展一个继续留在北方。有人说，异地恋是考验爱情最好的方法，而他们，最终还是没经得起时间和距离的考验。相隔遥远，聚少离多，男孩终究耐不住寂寞，喜欢上同公司的一个女孩，男孩对好友说对不起的同时也说了再见。

好友伤心地哭了一场又一场，看着她哭得红肿的双眼，我不知道该如何安慰她，只是找了一篇马德的《爱过，最好不要恨过》给她看，但愿她能够平复心情，慢慢放下心中的怨恨。曾经的爱与伤，只是人生中的一次阅历，生命的前路上，只有放下旧爱，才会有新爱蓬勃而生。

人生的旅途上，聚散匆匆。相遇，犹如花开的惊喜；离别，亦如花落的悲哀。相遇很美，无法预见，离别很痛，有时候却也难以避免，曾经的相守终究是一场没有结局的邂逅，一份情缘，也就此搁浅。而回首时，那些曾经拥有的，切莫忘记。

"人生若只如初见，何事秋风悲画扇。"清代词人纳兰性德的这句诗，极尽婉转伤感的韵味，短短的一句话，道尽了世间相遇和别离的凄凉与无奈，人生种种不可言说的复杂滋味都仿佛因了这句话而涌上心头，叫人感慨万千。

其实我们都知道，有些东西无论你如何努力，都是挽留不住的，比如时间，比如爱情。时间会走远，爱情会变淡，然而一场爱情，无论结果是聚，抑或是散，或许都该对彼此说一声，谢谢。感谢你，曾经来过我的生命里。无论爱过还是伤过，都要记得曾经给予过彼此温暖的陪伴。

有人说，爱像水墨青花，何惧芳华刹那。那么，爱时温馨浪漫，别后，又何必余恨绵绵呢？一份爱，若真的不能天长地久，也不必反目成仇。分离时，挥挥手轻声地说再见，道一声："你若安好，便是晴天。"那么一切，便会云淡风轻。

很喜欢这样一句话：真正爱的心，是一颗包容的心，这颗心可以辽阔到，容纳并接受爱呈献给的一切。所以，爱过，就不要恨。遇见就好，爱过就好，他曾经给了你温暖和美丽，他曾经丰盈了你的岁月，也曾经给你苍白的情感涂上了色彩，这一切，都是一种收获，尽管这收获中有欢乐也有痛苦。

不求有结果，不求同行，
不求曾经拥有，甚至不求你爱我。
只求在最美的年华里，遇到你。

感谢曾经走过你生命的人，每一次相遇，都是前世修来的缘，匆匆行走的岁月中，回望那些深浅不一的印记，那些携手走过的缤纷时光，那些曾经洒下的幸福和欢笑，就在指尖滑落的流年里，留一个角落，装着从前的那些美好吧，毕竟，曾经真心爱过。

一直相信，爱情是圣洁而不可亵渎的，正如徐志摩说的，一生至少该有一次，为了某个人而忘了自己。不求有结果，不求同行，不求曾经拥有，甚至不求你爱我。只求在最美的年华里，遇到你。相遇，不问是劫是缘，离别，也不怪谁有情谁无意，生命中，爱过的人和路过的风景，都是一份不可磨灭的曾经。

人生如戏，爱情如迷，不是每一场相遇都有一个完美的结局，这世间情缘亦是如此，茫茫人海中，相遇并不容易，若爱，就好好珍惜，若不爱，就彼此祝福，告别之后，就让那段往事在记忆里娉婷，不提起也不忘记。

若说这一世所有的相遇，都是上一世的重逢。那么走过你生命的那个人，便是前世的有缘人，爱了，是续写前世未了的故事。感谢曾经走过你生命的人，从前那份相遇的缘，相知的暖，就让它们留在心间。爱，得之，我幸，不得，我命，如此而已。即使无法牵手走到最后，也不要心生怨恨，离别的岁月里，坐在时光的深处，静静地回想，回忆中毕竟会有一些美好，可以温暖一季薄凉，只要真正爱过，真正付出过，即使岁月沧桑，回忆就不会荒凉。

感谢曾经走过你生命的人，无论他是欢声笑语地走来，还是悄无声息地离开。对于缘分，不必刻意追寻，缘来，珍惜，缘去，道别，无论怎样，所有的一切，都是时光的赠予，若曾经给你美好，你就要学会感恩，若曾经给你伤害，你也要学会坚强，人生的每一次经历都是一次成长。记得，爱过，可以相忘江湖，却不要彼此伤害……

一念红尘短，一念地久长

文 / Eva

有人说，爱情是一辈子，是温暖陪伴。

有人说，一辈子是爱情，是热烈相守。

然而，不管是哪一种，一切幸福感都来自我们内心爱的实现和爱的付出，得来的甜蜜果实。

——题记

也许，每一个人的爱情都要在千帆过尽之后，才找到属于自己的最终归宿。有时，转角处，就可能遇到那个一直在等你的人，即使又过了多年，都值得。

喜欢赵鑫的那首歌《许多年以后》，喜欢它的歌词：

时间过得太快

不会再重来

而我渐渐明白

爱需要关怀

其实我也害怕被你伤害

经常对着电视机发呆

可我依然相信

我们的未来

也许你会明白

我给你的爱

永远不会放手

也不会离开

不管今后的路有多苦

我也会让你感觉到幸福

你就是我这一生的赌注

　　许多年，很久很久以后，希望陪伴着我们的依然是那个
最初我们深爱着的人。

转角处，就可能遇到那个一直在等你的人，
即使又过了多年，都值得。

一念红尘短，一念地久长。

一切因果皆来自我们的选择。不管爱情还是婚姻，最怕的其实是拒绝成长。有时，我们自身的缺点往往被宽容以待，而对爱人的一点小错误都不肯轻易原谅。我们用爱的借口来约束，尽情地挑剔，伤害了彼此，更伤害到爱情。

如今懂得了，如果爱，就不要试着去改变对方，不要去驾驭对方。

爱，是牵挂，是想念，是陪伴，是信任，是爱他所爱，喜他所喜，疼他所疼，忧他所忧。爱，是只去爱就好！

爱情里，其实没有合适与不合适，只有珍惜与不珍惜，只有相爱与不相爱。

而今人们的心，因着现实的生活或工作压力，已越来越浮躁。仿佛很久没听到要结婚是因为爱情，想给对方幸福，永远在一起。我想，这样的婚姻才是真正值得被推崇和祝福的。

有人说，爱情，不是人生的全部，可是有它不是更好吗？

但愿，我们都能做到不将就，不妥协，不暧昧，不迁回，只会勇敢地爱。

但愿，我们都能嫁给爱情，那个我们深深爱着的人。

愿得一人心，白首不相离。

一生遇到很多人，任他们再好，都不如一个"我爱你"。

对于我们来说，我们爱着的他（她）才是最好的。

记得黄菡老师说过一段话："这世上，我们不可能找到十全十美，事情不可能两全其美。我们最后的状态就是各美其美，美美与共。我们应该接受各种各样生活的境遇，在这个过程中，永远不放弃，不懈怠，去追求美和爱。"

对于我们来说，能拥有你所爱的，还有比这更幸福的事情吗？

如果可以，我希望所有相爱的人最后都能在一起，都能嫁给爱情，互相珍惜着相伴生活下去。

很久以后，还会依偎在他（她）怀中，叫一声老公或老婆，直到彼此剩下最后一口气，还依然记得，曾经说过："下辈子，再爱一次。"

嘎玛日吉

文 / 文君

　　天气一天比一天热起来，邻居扎西朗杰大叔的老婆朗姆姨隔三岔五总会到门前的小溪边梳洗头发。她那漆黑的长发，沾满溪水湿漉漉地披在身后，在初升的阳光映照下，像一匹闪闪发亮的黑色锦缎。我常常跟在她身后，看她把半干半湿的头发编成辫子，然后从怀里取出一个小布袋，里面有扎成一小束一小束的各色丝线，她将这些丝线夹到头发丝里编成辫子盘在头上，丝线末端系有珊瑚、松石、小海贝等坠子，珠帘一般悬挂在头上，人一走动，珠帘摇曳，环佩叮当响，煞是好看。

　　邮电所初建时，整个支局所就父亲一人，随着电话线连接各乡村、守候交换机、送报纸、维护电话线等，父亲一人实在忙不过来，县局通知赶紧招收几名工人。扎西朗杰大叔就是这个时候由父亲推荐进来的线务员。

年轻健硕的扎西朗杰大叔身高有一米八二左右，满头卷发，一双漆黑深邃的眼睛点缀在刚毅的脸上，透着一股子机灵劲。

父亲是在查线途中遇见他的。当时父亲正在电线杆上接线，手钳滑落到地面，正准备下杆捡拾时，扎西朗杰大叔恰好路过，见此情形立马捡起手钳，双手抱杆，唰唰唰，几下便徒手攀了上去。"阿罗，咔唑咔唑。"父亲用藏语道谢。

"不用谢。"扎西朗杰大叔却用标准的汉语答道。看父亲惊讶地盯着他，扎西朗杰大叔咧开嘴笑了笑，手微微一松，人便滑落到地上。

看这麻利劲，父亲心里暗喜，县局让他物色乡邮员、线务员，这小伙不正是最佳人选吗？

父亲赶紧下杆与之攀谈，得知扎西朗杰大叔系阿西茸的乡民，便询问有心当线务员不，扎西朗杰大叔一听，自然乐得合不拢嘴。没几日，扎西朗杰大叔便拿着公社介绍信到邮电所报到上班来了。

随扎西朗杰大叔来邮电所的自然还有他的妻子朗姆姨。

新搬来的扎西朗杰大叔家与我家不到一米。朗姆姨初来，因不善汉语，常窝在家里不出门。他们家不时冒出一股浓浓的藏香气味。不知为什么我特别喜欢那种味道，有事无事便趴在他们家门口向里张望。朗姆姨每次看见我趴门口便会招呼我进去，不是给我一把炒胡豆，就是给我一把扎西朗杰大叔查线时顺路摘回的野果子。我边吃零食边听朗姆姨叽里咕噜地说话，可她的汉语实在差劲，我连猜带蒙还是经常弄岔她的意思。

那会儿山寨里的藏胞很少洗脸、洗头、洗澡啥的，一身衣服穿上身，基本上是不会脱下浆洗的。记得那时候，区公所里的人早起洗脸刷牙，常引得路过的藏胞讪笑。他们只是在劳作之余，偶尔来到山溪边，也不刻意洗漱，只双手捧起溪水在脸上随便抹抹。在强烈紫外线的照射下，他们的脸大都呈紫红色或古铜色。只是这朗姆姨的皮肤却格外白皙，与本地藏胞的肤色截然不同。

有天早上我起床熬茶，推门正看见朗姆姨端着一个用桦树皮做成的勺子站在门外，勺子里盛满清水，她用嘴深深吸了一大口，然后顺手将勺子递给我。我以为朗姆姨请我喝水呢，赶紧接过来咕噜咕噜喝了起来，没承想朗姆姨扑哧一下将嘴里的水全都给喷了出去，她哈哈哈地笑弯了腰。我莫名其妙地盯着她看。朗姆姨笑了半天边摇头边直起腰比画起来，只见她端过勺子又喝了一大口清水，然后将嘴里的水喷在双手掌心上，顺势往脸上一抹，那动作和猫儿洗脸一样，口鼻还发出扑噬扑噬的声音，一口喷完接着再喝一口，继续喷洗，等一勺水喷洒完毕，她的一张脸也揉洗得白里透红起来。我乐了，原来她这是在洗脸啊。

朗姆姨比扎西大叔朗杰年长近十岁，身体不怎么好，没生过小孩，也很少出门劳动。听周围的大人们闲聊时说，朗姆姨本是一个土司家的小姐，民改时受过惊吓，以至留下了不停摇晃脑袋的毛病，加上患有严重的皮肤病，浑身上下不停地脱皮，有人说她是蛇精，也有人说她中过蛊，在寨子里出工劳动时，经常昏倒在地。周边山寨的人都不敢搭理她，以至快三十岁都没嫁出去。

那一年，二十岁出头的扎西朗杰大叔走马帮时路过朗姆姨的寨子，在一片小松林里遇见了正在林间唱歌的朗姆姨，竟是一见钟情，不顾一切将她带回了自己的寨子。

家里人自然极力反对，不让扎西朗杰大叔将朗姆姨带进家门，扎西朗杰大叔只好和朗姆姨住在寨子边缘的牛圈里。马帮里有一个去过西藏多次的伙计，告诉扎西朗杰大叔，每年藏历年的七月六日至十二日（相当于中原的立秋时节）前往降扎温泉沐浴，朗姆姨的病就会痊愈。

扎西朗杰大叔隐约记得寨子里德高望重的老人也说过，西藏那边有个沐浴节，藏语叫"嘎玛日吉"，凡是生病请不起医生的，每年这个时候在被金星映照过的河水里浸泡，就会百病全消。金星在藏族的传说里是药王的化身，说是被它映照过的河水具有神奇的药力。实际上，真实的缘由应该是高山上的雪水在慢慢流淌中，经过了长满雪莲之类的名贵草药的山涧坡地，晶莹透澈的雪水中溶进了名贵药物的有效成分，成为洁身、消毒、保健的天然浴液，所以才具有强身健体的功效。

西藏太远，去西藏朝圣，磕长头往返一次要好几年时间，这对普通的人家来说并不现实，降扎温泉距此地几百里地，这对小夫妻俩来说就很容易实现了。

在接回朗姆姨的第二年初秋，扎西朗杰大叔带上朗姆姨翻山越岭去了降扎。降扎温泉早已名声在外。每年这个时候，青海、阿坝等地的藏胞都会相约前来泡温泉。扎西朗杰大叔带朗姆姨去时，前来沐浴的人已经把小帐篷搭了好几百个。他说，沐浴完毕的人在返回家乡之前，还会去往不远的纳摩寺磕头许愿。在去寺院的路上，那些磕长头的人，起来趴下、起来趴下的身影，像极了起伏不平的海浪，一波推着一波向寺院方向涌去，那情形特别壮观。

连着三年的"嘎玛日吉"，扎西朗杰大叔都带朗姆姨前往降扎温泉沐浴，朗姆姨不光治好了皮肤病，整个身体的皮肤都呈现出高原上难得一见的白皙。朗姆姨从此爱上了沐浴梳妆，而她的美貌和她的故事也一传十，十传百，附近人家都已知晓，寨子里的人和家里的人也慢慢开始接纳他们。就在扎西朗杰大叔搬回寨子没多久，邮电局招工的通知也到了，寨子里的人自然羡慕万分。

扎西朗杰大叔来邮电所上班之后，每年初秋还会请假带朗姆姨前往降扎温泉，这"嘎玛日吉"于他们夫妻已不仅仅是一个普通的沐浴节了，这是他们生命中的一场隆重典礼。

数十年过去，今年的"嘎玛日吉"我携四岁的小外孙女妞妞前往降扎体验温泉的独特魅力。当我们沉浸在浓雾环绕的泉水里，被浓烈的硫黄气息刺激得喘不过气来时，我突然明白了朗姆姨皮肤病痊愈的真正缘由。

这世界，有爱就有奇迹

文 / 董斌

寒流刺骨，万物肃杀，凛冽的风扎得人心疼。男人紧闭着双眼像是安详地睡着，他不懂得女人此刻的哀伤。医生在给男人"判刑"：植物人！女人紧握的手在颤，像受伤的心在抖。

"我一定要让他再站起来！"女人倔强地想，60 岁的脸上却焕发出年轻时的坚毅。

一个月过去了，男人的病情丝毫未见好转，女人心急如焚；两个月过去了，男人依旧在混沌中挣扎，女人觉得有些茫然无助。

那是一个冰冷的寒夜，她在佛像面前低下了高傲的头，她拜佛祖："你要是有灵，一定要救救他，哪怕让我去死！"

她又问苍天："为什么好人没有好报？"她感到茫然无助。

　　然而第二天一早，她再次挺起了胸膛，因为她知道：靠神不如靠己，只有自己才能让爱的人新生！

　　春天到了，冰雪消融。男人也在冬眠了很久后的一天突然清醒，像是春天送来的奇迹。而请了长假照顾他的女人却老了，一个冬天，发丝成雪，人渐憔悴。好在严冬过去，春暖花开了，卸了一冬的疲乏和沉重，她脸上重新洋溢出了希望的笑容。

　　男人刚苏醒过来的时候，脑外伤导致他还不能很好地指挥各个器官，意识也是一会儿清楚一会儿糊涂，他的舌头发硬，不能灵活运用吞咽的功能，也不会说话。为了使他能够尽快恢复咀嚼和说话的功能，女人每天戴上医用手套，为他做"舌操"。一天，也许是感到做"舌操"有些乏味，也许是苏醒初期脑神经还有些错乱，男人居然咬住了女人的手不松口，疼得女人大叫，血从手套里渗透出来。多亏护士及时赶到，掰开了他的牙齿，才没有酿成大祸。女人没有责怪，一句"轻一点，别弄坏了他的牙"竟让护士的眼泪夺眶而出。

　　夏天来了，日头毒辣。女人又开始为爱人重新站立而忙碌。男人长期卧床，两条腿已经蜷缩到了臀部，不能伸直，

这个秋天，

爱产生了奇迹，

风暖暖地吹过……

要把腿部的筋完全抻直，无疑是痛苦和艰难的。因此，每天为男人做一小时的全身按摩，对两人来说都是一种考验，一场较力，常常弄得两人大汗淋漓。男人很多时候还是尽力配合、努力坚持，痛得厉害就用双拳击打床沿、紧咬嘴唇来缓解疼痛。但有时候他承受不了那种疼痛，就会使劲打人、掐人。女人在这个时候真是"心狠手辣毫不手软"，因为她知道，心慈手软，男人就永远不会站立起来。于是，女人的脸上、胳膊上频繁出现被抓出的血印，有的还很深，常常是旧伤还没消去，又添加了新的疤痕。有一次，男人不干了，为了阻止治疗，他竟然薅下了女人的一绺头发，把女人疼得直跺脚，委屈地说："你一定是认为我心狠吧，不然不能这么对待我，你怎么不理解我呢，我是不想让你成为废人啊！"男人听后，懊悔的脸上老泪纵横……

秋天来了，散了残云，晴了心胸。被阳光渲染的梧桐树下，一对老人搀扶着前行。女人拾了很多的梧桐叶，并在金黄的叶子上写上自己和男人的名字，两人经常在树荫下的长椅上做发声练习。男人常常把"老于"说成"老驴"，把"你好"说成"已好"，弄得女人哭笑不得。但看着他吐字一天天清晰，女人心里由衷地高兴，医院的花廊里，总能听到两人爽朗的笑声。那天，她为了让男人高兴，垫了几块砖，去摘树上的山楂，男人看到一块砖有点活动，突然提醒她："老于，当心！”

女人不相信地慢慢回头看着男人，"老于，当心！"他像是为了肯定那绝对是自己的声音，再一次重复着，比上一次的声音更大。女人顺着树干一下子瘫倒在地上。她累了，想坐下来休息了；她哭了，尽管眼泪里饱含着辛酸，但那是幸福的泪水……

真不容易啊，因为有爱，她承受过太多的委屈和压力；因为有爱，她竟用瘦小的身躯重塑了一个崭新的生命。

就在这个秋天，爱产生了奇迹，风暖暖地吹过……

爱人，一本读不够的书

文 / 齐林

    恋爱的时候，我特羡慕那些每天都能相见的情侣。因为那时，我与恋人相距甚远，很难长相厮守。于是，我每天只能放飞缠绵的思念，让思念在晴空或星夜里翱翔。恋爱季节的日记里，遍布密密麻麻古老而又新鲜的情话。

    终于挨到相逢的日子，幽会于小河边或林荫下，耳鬓厮磨，说不尽的蜜语甜言，道不完的海誓山盟。那时的她，完美得令我心醉。在我心目中，她是这个世界上最美丽的女人。恋人，是我永远也读不够的一本书。

    这样痛苦而又幸福的时光持续了数年，一直到我们手挽手步入婚姻的殿堂。洞房花烛，新婚宴尔，蜜月缠绵。恋人，终于成为我可以相守一生的妻子。

忽然有一天，我发现，昔日完美而令我心动的她渐渐地变了。她的缺点越来越多地显露出来，她开始爱唠叨，劳累以后喋喋不休地说一些我不喜欢听的话。我们开始经常为一些鸡毛蒜皮的小事争论不休，我们甚至学会相互讥讽。在我的眼中，她终于变成了一个俗女子。

生活，就这样像一条灰色的河流不紧不慢地流淌。

正在这个时候，一个庄严的时刻不可逆转地来临了。早已变得大腹便便甚至有些丑陋的妻子，有一天忽然腹痛难忍，她要把我们创造的一个新生命带到这个世界上来。

那是一个寒风凛冽的下午，父亲到我上班的学校找到我说："你媳妇要生了，快去找接生婆去吧！"顿时，我的神经蓦然紧张起来，一种莫名的亢奋袭遍我的全身。那时，农村生孩子还去不起医院，只能到很远的邻乡去接一个有名的接生婆来接生。匆匆回到家里，看到妻扶着床沿正痛苦地呻吟。看到我，她只轻轻地喊了一声我的名字，泪水便顺着她的脸颊流下来，滴落到我握住她的手上。

接生婆被请来了，妻子的呻吟却一直持续到翌日凌晨。凌晨一点半，孩子将要分娩的时候，虽然母亲和岳母都在跟前，可妻子却非要让我留在产房。接生婆破例让我守候在妻的床边。她紧紧地握住我的手不肯松开，在我的记忆里，她

在我眼中，
妻子像一本耐读的书，越品越有滋味。

还是第一次如此紧紧地攥着我的手。我的手甚至感到有些疼痛。这时我发现，妻子原来那双细腻白嫩的纤手如今已变得粗糙不堪。我抚摩着她那终日劳作的手，在她耳边温柔地抚慰她，消除她的紧张情绪。经过剧烈的阵痛以后，孩子终于呱呱坠地了。直到此时，在孩子嘹亮的啼哭声中，妻子被痛苦扭曲的脸上终于溢出了微笑，汗水浸透了她凌乱的秀发。然而，她依然紧紧握着我的手不放。此时，我看到妻子因分娩而流出的血，那血的颜色在夜的灯光下让我感到有些眩晕。彼时彼刻，我周身的血液也一下子沸腾起来。望着妻子憔悴而疲惫的脸庞，我蓦地想哭。不是因为自己从此成为一位父亲，而是妻子所流的血让我感到一种责任。自己平时对妻的照顾实在太少太少。我的内心深处填满了愧疚。原来，做一个女人竟然如此不容易，她们往往要承受比男人更多的痛苦。十月怀胎，一朝分娩，她们要用自己的鲜血甚至生命来诠释自己是一个真正的女人。

如今，儿子都已大学毕业，也有了自己的小家。三十年过去了，妻子从一个妙龄少妇变成了半老徐娘。然而，在我眼中，妻子却像一本耐读的书，越品越有滋味。

若有来生，我们还相遇

第 4 辑

期待父亲的笑

文／林清玄

　　父亲躺在医院的加护病房里，还殷殷地叮嘱母亲不要通知身在远地的我，因为他怕我在台北工作担心他的病情。还是母亲偷偷叫弟弟来通知我，我才知道父亲住院的消息。

　　这是父亲典型的个性，他是不论什么事总是先为我们着想，至于他自己，倒是很少注意。我记得在很小的时候，有一次父亲到凤山去开会，开完会他到市场去吃了一碗肉羹，觉得是很少吃到的美味，他马上想到我们，先到市场去买了一个新锅，然后又买了一大锅肉羹回家。当时的交通不发达，车子颠簸得厉害，回到家时肉羹已冷，又溢出了许多，我们吃的时候已经没有父亲形容的那种美味。可是我吃肉羹时心血沸腾，特别感到那肉羹人生难得，因为那里面有父亲的爱。

在外人的眼中，我父亲是粗犷豪放的汉子，只有我们做子女的知道他心里极为细腻的一面。提肉羹回家只是一端，他不管到什么地方，有好的东西一定带回给我们，所以我童年时代，父亲每次出差回来，总是我们高兴的时候。

他对母亲也非常的体贴，在记忆里，父亲总是每天清早就到市场去买菜，在家用方面也从不让母亲操心。这三十年来我们家都是由父亲上菜市场，一个受过日式教育的男人，能够这样内外兼顾是很少见的。

父亲青壮年时代虽然受过不少打击和挫折，但我从来没有看过父亲忧愁的样子。他是一个永远向前的乐观主义者，再坏的环境，也不皱一下眉头，这一点深深地影响了我，我的乐观与韧性大部分得自父亲的身教。父亲也是个理想主义者，这种理想主义表现在他对生活与生命的尽力，他常说："事情总有成功和失败两面，但我们总是要往成功的那个方向走。"

由于他的乐观和理想主义，他成为一个温暖如火的人，只要有他在就没有不能解决的事，这使我们对未来充满了希望。他也是个风趣的人，再坏的情况下，他也喜欢说笑，他从来不把痛苦给人，只为别人带来笑声。

小时候，父亲常带我和哥哥到田里工作，这些工作启发了我们的智慧。例如我们家种竹笋，在我没有上学之前，父亲就曾仔细地教我怎么去挖竹笋，怎么看地上的裂痕才能挖到没有出青的竹笋。二十年后，我到行山去采访笋农，曾在竹笋田里表演了一手，使得笋农大为佩服。其实我已二十年没有挖过笋，却还记得父亲教给我的方法，可见父亲的教育对我影响多么大。

也由于是农夫，父亲从小教我们农夫的本事，并且认为什么事都应从农夫的观点出发。像我后来从事写作，刚开始的时候，父亲就常说："写作也像耕田一样，只要你天天下田，就没有没收成的。"他也常叫我不要写政治文章，他说："不是政治性格的人去写政治文章，就像种稻子的人去种槟榔一样，不但种不好，而且常会从槟榔树上摔下来。"他常教我多写些于人有益的文章，少批评骂人，他说："对人有益的文章是灌溉施肥，批评的文章是放火烧山；灌溉施肥是人可以控制的，放火烧山则常常失去控制，伤害生灵而不自知。"他叫我做创作者，不要做理论家，他说："创作者是农夫，理论家是农会的人。农夫只管耕耘，农会的人则为了理论常会牺牲农夫的利益。"

父亲的话中含有至理，但他生平并没有写过一篇文章。他是用农夫的观点来看文章，每次都是一语中的，意味深长。

有一回我面临了创作上的瓶颈，回乡去休息，并且把我的苦恼说给父亲听。他笑着说："你的苦恼也是我的苦恼，今年香蕉收成很差，我正在想明年还要不要种香蕉，你看，我是种好呢，还是不种好？"我说："你种了四十多年的香蕉，当然还要继续种呀！"

他说："你写了这么多年，为什么不继续呢？年景不会永远坏的。""假如每个人写文章写不出来就不写了，那么，天下还有大作家吗？"

我自以为比别的作家用功一些，主要是因为我生长在世代务农的家庭。我常想：世上没有不辛劳的农人，我是在农家长大的，为什么不能像农人那么辛劳？最好当然是像父亲一样，能终日辛劳，还能利他无我，这是我写了十几年文章时常反躬自省的。

母亲常说父亲是劳碌命，平日总闲不下来，一直到这几年身体差了还常往外跑，不肯待在家里好好地休息。父亲最热心于乡里的事，每回拜拜他总是拿头旗、做炉主，现在还是家乡清云寺的主任委员。他是那一种有福不肯独享，有难愿意同当的人。

他年轻时身强体壮，力大无穷，每天挑两百斤的香蕉来回几十趟还轻松自如。我最记得他的脚大得像船一样，两手摊开时像两个扇面。一直到我上初中的时候，他一手把我提起还像提一只小鸡，可是也是这样棒的身体害了他，他饮酒总不知节制，每次喝酒一定把桌底都摆满酒瓶才肯下桌，喝一打啤酒对他来说是小事一桩，就这样把他的身体喝垮了。

在六十岁以前，父亲从未进过医院，这三年来却数度住院，虽然个性还是一样乐观，身体却不像从前硬朗了。这几年来如果说我有什么事放心不下，那就是操心父亲的健康，看到父亲一天天消瘦下去，真是令人心痛难言。父亲有五个孩子，这里面我和父亲相处的时间最少，原因是我离家最早，工作最远。我十五岁就离开家乡到台南求学，后来到了台北，工作也在台北，每年回家的次数非常有限。近几年结婚生子，工作更加忙碌，一年更难得回家两趟，有时颇为自己不能孝养父亲感到无限愧疚。父亲很知道我的想法，有一次他说："你在外面只要向上，做个有益社会的人，就算是有孝了。"

母亲和父亲一样，从来不要求我们什么，她是典型的农村妇女，一切荣耀归给丈夫，一切奉献都给子女，比起他们的伟大，我常觉得自己的渺小。

我后来从事报道文学，在各地的乡下人物里，常找到父亲和母亲的影子，他们是那样平凡，那样坚强，又那样伟大。我后来的写作里时常引用村野百姓的话，很少引用博士学者的宏论，因为他们是用生命和生活来体验智慧，从他们身上，我看到了最伟大的情操，以及文章里最动人的情愫。

我常说我是最幸福的人，这种幸福是因为我童年时代有好的双亲和家庭，青少年时代有感情很好的兄弟姊妹，中年有了好的妻子和好的朋友。我对自己的成长总抱着感恩之心，当然这里面最重要的基础是来自我的父亲和母亲，他们给了我一个乐观、善良、进取的人生观。

我能给他们的实在太少了，这也是我常深自忏悔的。有一次我读到《佛说父母恩重难报经》，佛陀这样说：

> 假使有人，为了爹娘，手持利刀，割其眼睛，献于如来，经百千劫，犹不能报父母深恩。
>
> 假使有人，为于爹娘，亦以利刀，割其心肝，血流遍地，不辞痛苦，经百千劫，犹不能报父母深恩。
>
> 假使有人，为了爹娘，百千刀戟，一时刺身，于自身中，左右出入，经百千劫，犹不能报父母深恩……

读到这里，不禁心如刀割，涕泣如雨。这一次回去看父亲的病，想到这本经书，在病床边强忍着要落下的泪，这些年来我是多么不孝，陪伴父亲的时间竟是这样的少。

有一位也在看护父亲的郑先生告诉我："要知道你父亲的病情，不必看你父亲就知道了，只要看你妈妈笑，就知道病情好转，看你妈妈流泪，就知道病情转坏，他们的感情真是好。"为了看顾父亲，母亲在医院的走廊打地铺，几天几夜都没能睡个好觉。父亲生病以后，她甚至还没有走出医院大门一步，人瘦了一圈，一看到她的样子，我就心疼不已。

我每天每夜向菩萨祈求，保佑父亲的病早日康复，母亲能恢复以往的笑颜。

这个世界如果真有什么罪业，如果我的父亲有什么罪业，如果我的母亲有什么罪业，十方诸佛、各大菩萨，请把他们的罪业让我来承担吧，让我来背父母亲的业吧！

但愿，但愿，但愿父亲的病早日康复。以前我在田里工作的时候，看我不会农事，他会跑过来拍我的肩说："做农夫，要做第一流的农夫；想写文章，要写第一流的文章；做人，要做第一等的人。"然后觉得自己太严肃了，就说："如果要做流氓，也要做大尾的流氓呀！"然后父子两人相顾大笑，笑出了眼泪。

我多么怀念父亲那时的笑。

也期待再看父亲的笑。

今生，我陪着你

文 / 雨儿的世界

> 我藏匿在内心深处所有的心迹与安然，都只为
> 携一场珍惜的遇见。你的出现，正好落在我流年暖
> 爱的句点。
>
> ——题记

八月的天空，飘荡着金色飘逸的清香，秋，它像一个婉约诗意的女子，明丽清澈。每年的这个日子，岁岁与我魂牵梦萦，年年与我莫名感动，每次想到你，嘴角上扬不自觉的微笑，会心的满足和暖意轻易地就泄露了我对你深深的喜欢和爱意。

在这个清晨，我翻阅着你成长经历里的所有任性和调皮，

乖巧和睿智，你带给我满心的幸福就如这清晨的阳光，温润着时日里我偶尔的疲惫与失落，这一生，因为有了你，丰盈了我一年又一年的光阴。因为有了你，我的心变得如此柔软而又阳光明媚，仿佛自从你落入我的眼眸的那一刻起，我与你的那种血浓于水的情和爱就被刻在流年里，在寸寸光阴里闪烁。

你的名字是我翻阅了大量的书籍，几乎翻烂了字典词典，终于找到了"气宇轩昂"，取了中间两个字，宇轩。于是这个名字就与我的生命连在一起，生生世世。从此，你的命运与我的命运息息相关，荣辱与共，不离不弃。

回忆十五年前的今日，也是这样一个清晨，一个生命，随着太阳升起的那一刻而降临，我扭头看你的脸，你香甜地睡着，一股暖流涌上心头，带给我一种无法言说的感动，一泓生命的泉水，滋润了一个新的生命。我心里由衷地升起情意万千。对于你的未来我无所预知，但是我愿意毫无条件地接受。所以，你对于我来说，就是一个传奇，就是一个美丽的童话。

上天以我的模样裁剪出你。一羽洁白，一澜秋水，还有那火红的心房，我为拥有你而骄傲。

今天，我捧起一串歌声，是对生命的赞美，那么晶莹，露珠般的，折射着你，你，小小的少年，优秀、英俊，回忆你的童年，你的欢笑，看着你从小到大一点一滴的成长足迹，一抹阳光一脸帅气映在你稚嫩的欢颜上。整个八月，草叶馥郁，浆果遍地，芬芳流淌成我对你的爱。

紫陌红尘，静度时光，年轮总是一圈又一圈地生长，如月如梭，岁月无痕，一起走过的日子，依旧历历浮现……单纯而又静美的年华丰满了你的童年，你用纯真的笑脸书写了最纯美年华的灿烂。

那些在十五年的时光深处的暖意与记录，全都被定格在每一年的这个日子里，翻阅着这一张张带着欢喜带着朝气带着稚气与青春的脸，搁浅在流年的底色里，沉淀成最美最纯的回忆。

我想在这个人世间，没有一种情缘比母亲与子女的关系更亲近。因为血肉相连，因为至深至爱的亲情，无论你是什么样子，无论你是什么命运，我都会在生命中细数光阴，悉心地陪你走过人生的旅途，在这里，不管我的文字是简单还是深情，不管我的语言是凌乱还是无章，当我看到你的身影时，一切都是如此静美。

我想，定是前世我们有一场莫大的缘分，让我们今生成为最亲近的母子，成为一生无法割舍的亲人。我对你的厚爱，已经将这份珍爱珍藏在一字一句的温情里。我愿意，与你静静守候你人生的花季，在心底对你根植下深深的期待与祈福。

我只愿做那一棵树，让倦归的你栖落；
我愿是静谧的港湾，等你漂泊的船幸福地归航。

　　你很优秀，你的优秀总是让我默默欣慰，你很聪明，你的聪明超过了你的同龄人，你很有思想，你的内在潜力让我折服。你很好强，你很成熟，你的成熟让我刮目相看，你很幽默，你的幽默远远超过你的父母。你是我的骄傲与自豪。

　　我很庆幸，在红尘中兜兜转转，轮回中终归没有错过与你的这一场遇见，虽然没有宏大的场面，没有热烈的欢迎仪式，可是你的到来给了我一生至美的光环和荣耀。不用去回顾与你一同走过的足迹，那些点点滴滴就如年轮一样镌刻在心底，日久生醇。

　　八月的天空下，与你一同期待你的花期，我的目光永远追随你的方向，愿所有的幸福与温暖抵达有你的角落。愿我所有倾心暖爱的期盼与祈愿盛开在属于你的世界，任似水流年，与你毅然执着共守锦瑟流年的所有温暖与薄凉，已经足够！

　　以后的日子还很长，我还可以陪你走几十年，你小的时候，我要牵着你走，你大了，我要放开手，但还会陪你走。无论是什么样的繁华或是风雨，无论什么样的人生与命运，我都会与你携手并肩。无论何时，我毫无选择地给你最温暖的怀抱。无论到何地，我都会珍惜上天恩赐与你我的这场遇见。

　　我知道，你也是渴求自由的男儿，终有一天，你会离开我的呵护，你会走得很远，不再依赖我的温暖与眷爱，你会让自己心底的梦想变为现实。生命的箭射向远方，不要怕挑战困难，精彩、幸福会在一路上对你招手微笑。我只愿做那一棵树，让倦归的你栖落；我愿是静谧的港湾，等你漂泊的船幸福地归航。

我可以给你爱，却不能给你思想。你的心灵栖息于明日之屋。看着你熟睡中甜甜的笑，我知道，你的梦，我无缘造访，因为你属于自己，你会比父母优越，不会完全像我们。因为生命不会复制，时光不会滞留往昔。我会为你永不厌倦地讲一个美丽的童话故事，我会为你放飞一对翅膀的向往。

你是一支歌，我愿意从冬唱到夏，从浅绿唱到深绿。你是小小的太阳，永远灿烂我生命的晴空。

在人生最美好的时光里，养育你

文 / 风筝与风

　　每年到了这几天，我的心都很难平静下来，总是不由自主地回想起多年前那个雨天。俗话说："儿奔生，娘奔死。"在那个下着大雨的夜晚，我坐卧不安，苦苦地挣扎了一个通宵。我知道你要来了，我熬过了一个终生难忘的通宵，在喜悦与疼痛中，期盼着你的到来。

　　终于到了第二天下午，在产房里医生不断地说："这孩子的头发真好，孩子的头发真好。"可你就是不着急，刚露出头，又回去了。我不知道你是不舍得我的身体，还是不想来到这个世界。我用尽了全身的力气，让你挣脱了我的身体。当医生把额头上还留着我的血迹的你抱给我看时，我就知道，我们今生注定在一起!

我记得你在出生后的第二天,喜欢睁只眼闭只眼。我笑着逗你:"你这个小东西,怎么会这样呢?这可是一种圆滑的表现哟!"那时的你,哪里听得懂我的话呢?我想我那时候也是不懂得圆滑的真正含义的,就像我现在一样,依然有太多的事情不懂得。

最初的日子里,我不知道该怎样来爱你。你那么小,我不敢相信你是从我的身体里出来的,不敢相信你是我的孩子。你的手指尖尖细细的,还那么长,小脚丫也是瘦瘦的,哭着,来回地乱蹬。你太小了,我不敢抱你,害怕弄伤了你。当你第一次吮吸我的乳汁,我疼得满头大汗,但同时觉得你的小嘴唇挨着我的皮肤,好柔软,好温暖。我很奇怪,人的身体里居然可以流出奶水,让自己的孩子吃饱了就睡觉。我怎么可能就做了妈妈呢?我自己都还没有长大呢,于是,我总是对着你看。我想不通你为什么选择做我的孩子,我不知道你在我的身体里住得是否舒服,我不知道你会在哪一天叫我"妈妈",什么时候会走路、上学,我也不知道你长大了会是什么样子,做怎样的工作。我在月子里总是安静地看你,你一直睡得很踏实,还在睡梦中笑,你奶奶说你是在给送子娘娘笑。

那时候我总盼望你快点长大，

今天回过头来再看，

我人生最美好的时光就是养育你的那些年。

　　我记得你一岁的生日，你穿了红色底的花衣服，红色的裤子和鞋子，戴了黄色的帽子，站在那里唱歌。那时的你啊，哪里会唱歌呢？你不过是张开嘴，发出了"啊啊"的声音，但我仍然觉得那歌声非常好听。我记得你两岁的生日那天下雪了，那是你见过的南方最大的雪，但我想你可能不记得了。那天你穿了黄色的衣服，红色的裤子和鞋子，戴了粉色的帽子。我喜欢在你生日的时候给你买红色的小皮鞋，我觉得红色很喜庆，并且能辟邪，我希望平安健康陪伴你一生。我记得你三岁的生日，那天你穿了黄色的灯芯绒衣服，戴了黄色的帽子。那天晚上你特别开心，对着录音机一个劲儿地唱："祝我生日快乐，祝我生日快乐……"然后迫不及待地问我："妈妈，我可以吃生日蛋糕了吗？"都这么多年了，这些情景历历在目，我的女儿……

　　我记得你的每一个生日，记得你第一天上幼儿园的情形。那是一个春天的早晨，你穿了红白相间的花裙，我牵着你的小手送你去幼儿园。你兴高采烈地告诉每一个在路上遇见的熟人，说你要去幼儿园了，要上学了……我记得你成长中的许多故事，记得你的欢笑、你的眼泪以及你所取得的每一点儿成绩。我用我的手掌去丈量你的小脚丫，你一寸一寸地长大；我用我的爱来滋养你，你渐渐地发芽、开花。

想你的时候很多，今天特别想。想为你做一碗饭，想为你洗一件衣，想抱抱你已经长大的身体。想着你，眼泪就成串地滑落。于是听你的独唱，听你和朋友合唱，听你自己主唱的同时给自己伴唱……

每一次听到你熟悉的声音，立刻会想起你甜甜的笑脸，我的心里亦苦亦甜。我常常劝慰别人，小鸟儿长大了就要放飞，可是我却总想把你抱在我的怀里，紧紧地！想你如花开，因为你就是一朵半开的花，相信你在开花之后，会结出丰硕饱满的果实。

我时常在想，带你来这世界，是对是错呢？你自己是不是喜欢呢？也许你可以去当别人家的孩子，或许生长环境会更好一些，或许痛苦会更少一些。但是，我没选择，你也一样，我们的母女情缘是上苍注定的。

我心底总是愧对你的。我没能给你更好的生活条件，你小的时候不能像别人家的孩子一样穿得漂亮美丽，我只能把你的头发梳得好看一点儿，把你的衣服洗得干净一点儿。我只能在散步的时候教你背唐诗，给你讲一些我瞎编的故事。我那时候太年轻，不知道怎样教育你更好，我也不懂得那时候我们彼此的相伴是多么幸福，珍贵！

　　好在我是一个可以教化的母亲，我对你的严格管教在你不到 10 岁的时候有了改变，因为那本《写给世纪父母》我认真地读了两遍，然后反省自己在你身上所犯的错误，于是我慢慢尝试接受你的分数可以不在 95 分以上，接受你不是每年都被评上三好学生。我学会安慰自己，在班上成绩排第 10 名左右的孩子将来更有出息。

　　说到有出息这个问题，一直以来我都觉得你是世界上最有出息、最漂亮的女儿，我在心里常常是以你为荣的，我觉得你就是我的骄傲。你令我骄傲的不只是你的容貌，还有你的思想和气质。你知道努力地工作，知道自己需要怎样的生活。虽然你也会犯一些错误，但是你知道改正自己的错误，这一点和你小时候一样。

　　其实，我也犯了很多错误，所以我们一起改正那些错误吧！不过，你要记得，有些错误是不可以犯的，那些致命的错误一旦犯了，就不能改正，因为没有改正的机会。我无法具体告知你哪些错误不能犯，只能靠你自己去分辨了！

　　我是一个很迟钝的人，对音乐、数字、打扮以及人的心，在很多时候都是愚钝的，并且小脑也不发达，我在家走路，还经常撞墙和门。我的心智也不健全，经常犯一些低级错误，好在你没有我的这些缺点，不然，我就更加自责了。

分开的这些年里，我几乎在你的每一个生日当天都写文字，不是写给你，而是写给我自己。我为你写了那么多文字，也不要求你都能读到。我觉得写得好与不好都不重要，重要的是我就想为你写，用我的心为你写。

流年逝水，光阴如梭。你已经成年，但在我的心里还是一个小不点儿。那时候我总盼望你快点长大，今天回过头来再看，我人生最美好的时光就是养育你的那些年。养育了你，是我今生最大的幸福！依然祝福你，生日快乐，健康平安！

她甜甜地笑，像春花一样灿烂

文 / 雷长江

行走在春风里，默默地感受季节的情怀。女儿说春风宛若一支神奇的彩笔，她那么随意地轻轻一点染，一幅春天的画卷就在眼前平铺开来。

草坡渐绿了，小河明净了，柳树发芽了，田野复苏了。浓淡相宜的色彩唤醒了花朵的梦。

在我们这座北方小城，山桃花是第一个展开笑颜迎接春天的。街头巷尾，一棵棵山桃你不让我我不让你地开满了花赶趟儿。粉的娇嫩，白的清雅，粉红的妖娆，一树一树的繁花随处可见，衬托着小城的丽日春光。

迎春花也不比山桃花逊色，一朵朵四瓣黄色的小花缀满枝头，远望特别像梦的颜色，那种娇艳的黄色是大自然中最纯净、最明烈、最真实的色彩，看见了，让人一下子就想到了温暖，想到了温情，想到了温馨。这种学名叫连翘的花朵，翩翩如庄生梦中的蝴蝶，渲染了春天的另一种风情。

渐近渐浓的春色里，我不知道黑夜里该是怎样惊心动魄的萌动，才拥有这白昼千娇百媚的花。

几天前和朵儿去郊外感受春天，折一小段山桃树枝，看上面的芽苞，一点点的白，一点点的红，一点点的粉，我告诉她桃花就要开了，就在这两天。

朵儿欢呼着春姑娘真的来到这里做客了，我看见她丢下的五彩花环了。

宁静的村庄，错落的果园，也都迎来了花朵绽放的美丽时刻。忽如一夜春风来，千树万树梨花开。雪白的梨花，是冬天衍生出来的雪梦飘飘吗？粉红的桃花，是那个多情的崔护思念的那个女子的脸庞吗？粉白的杏花，是牧童遥指的那个杏花村里遗落的那种清纯吗？粉色的樱花，是远方那个国度升腾起来的那种浪漫吗？和煦的风里，花朵们舞着春天的心绪。

青石板的小路上，一丝淡紫色的幽怨，一缕浓郁的花香，苦丁香楚楚可人地悄然绽放。曾几何时，年少的我们在花丛中幸福的寻找那朵象征幸运的五瓣丁香；曾几何时，处于花

草坡渐绿了，小河明净了，
柳树发芽了，田野复苏了。
浓淡相宜的色彩唤醒了花朵的梦。

季的我们如何偷偷地期许，和那个撑着油纸伞结着丁香愁怨的姑娘邂逅。

桃李争春，引来蝶舞蜂忙。春花一茬又一茬地绽开笑脸，花香一缕一缕在青山绿水间释放芬芳，沃野庄园。桃花谢了杏花开，杏花谢了梨花白，梨花落了小桃红，密密地编织着春天的梦幻，春天真是一个色彩斑斓的世界。

春花真漂亮，女儿赞叹道，但在我心中最美的还是像花朵一样的女儿。朵儿听了，满脸的得意和自豪。

爸爸愿是你心中茂盛的花树，爸爸愿是你心中永远的春天。

女儿甜甜地笑了，那笑脸也像春花一样灿烂。

黄狗有爱泪无声

文 / 张景云

儿时，家里养了一条大黄狗，釉黄色的毛略泛着枣红，无杂毛，黄由浅及深递进着，极其光鲜靓丽，家里人叫它大黄。

大黄是从大姨家抱来的，它和老黄极其像。抱来时没多大，活泼调皮。它喜欢身前身后围着人转，就连睡觉，都是看着我们睡去，它才静静地趴在地上。我们上学，它会尾随着走好几里地，然后，再自己回家。我们像电视里演的那样，训练它不吃陌生人投掷的食物，不吃动物的尸体，不吃垃圾……大黄还真有灵性，没多久便被驯服得服服帖帖。我们叫它往东它不往西，我们叫它坐着它不站着。它已经听懂了家人的话。我们常常做的游戏就是和大黄赛跑，跑不过时就大声对大黄怒吼"站住，等等我"。每次它都立刻停下站在那里等我们到它身边，然后摇头摆尾在身上蹭几下，做亲密状。

大黄渐渐长大，膘肥体壮，毛色也更加有光泽，越发威武。它成了看家护院的能手，谁家的鸡鸭鹅来了，它会"汪汪"地把它们赶走，自家的鸡鸭鹅都是好朋友，互相争抢它的食物时，它也慷慨视而不见。

大黄是父亲的跟班，经常和父亲去山里放牛，哪头牛离群不见了，父亲就自言自语，哪去了？大黄默默离开，不久，就会在不远处叫起来，找到那头离群的牛；有牛进地吃庄稼，父亲便吆了大黄去围追堵截，牛虽然比它大，也是怕大黄的。因此，有大黄在，牛群很好管理。空了，父亲坐在树荫下吸着旱烟，大黄就匍匐在膝前打盹。父亲微咳一声，它便机警地睁开微闭的双眼，竖起耳朵倾听，确认无事，便又安心地睡去。此时，父亲就从头到尾地捋着大黄的毛看，看毛里的肉上是否被草爬子叮咬，或者什么东西伤害它。日落西山，父亲起身回家，大黄兴奋地摇着尾巴尾随着父亲赶着牛，驮着夕阳回家了。有时，父亲懒散，把牛放在山上几天不过问，等去找时，牛已经不知走到哪里，这时，一定是大黄先找到牛群，然后"汪汪"地喊父亲。有一次，好几天不见大黄的影儿。我们哪儿都找遍了，就是没有，伤心起来，以为大黄丢了。就在我们觉得大黄活着的希望不大时，父亲带着大黄回来了，原来它和牛群在山上待了六七天。大黄回来的第一件事就是猛地向我们几个扑来，把我扑个趔趄，把弟弟扑倒在地。使劲儿地摇着尾巴，在我们身上蹭来蹭去，用舌头舔我们的脸，大黄和我们亲密地疯打在一起。它一直是开心地笑着，连眼睛都笑成了一条缝儿。以后，大黄经常和牛群在一起，父亲也省心了。

好景不长，有年兴起了打狗。不知哪来的一群人手拿斧头棒子，气势汹汹，进村里就寻狗，看到就一棍子下去，惨不忍睹。当时，大黄正哺育一窝小黄。为了躲避灾难，父亲把它送到了山里自家地边的大梨树下，天天去给它们送吃食。我们两天不见，就想大黄，放学后的第一件事，就是放下书包去看大黄，大黄见了我们也是极亲的。

大黄幸运地躲过了这一劫，我们更加精心照料它。它的窝就在牛棚的旁边，当村里有丢牛的消息传来时，父亲说，多亏了大黄，因为，昨晚大黄的狂吠惊跑了偷牛的人，前村没狗的人家就丢了牛。有大黄的日子，我们睡得也都安心，从父亲的鼾声中就知道他睡得有多香甜。

大黄就这样和我们朝夕相处，一年又一年。它的小黄们一窝一窝被村人抱走，村里又多了狗叫声，也相对安宁了几年。

我一直觉得大黄是快乐的，无忧无虑，可是，我也曾见过它伤心忧郁的时候，就是在小黄们一个个被抱走的日子。它把

我们常常做的游戏就是和大黄赛跑，
跑不过时就大声对大黄怒吼"站住，等等我"。

自己隐藏在阴暗处不肯出来，是不忍目睹孩子离开它的情景，如果有眼泪，我相信它一定是哭着的，但我终是没看到。

大黄慢慢变成了老黄，步履有些蹒跚，不爱跑，不爱疯闹，不再活泼调皮。经常自己趴在阴凉处酣睡，或者静坐着眺望远方。每看到这一切，我有些伤感，大黄老了，它也将避免不了死亡的来临而离开我们，真不知道，没有大黄的日子该是多么落寞孤寂。

当担心成为现实，那是一种怎样的疼痛和难耐啊！那一日夜里，我们熟睡在梦中时，忽听到大黄撕心裂肺的狂叫。吵醒了寂静的夜，吵醒了梦中的山村。父亲急忙穿衣起身，门被木棍在外顶死了。父亲知道，这是来了小偷。父亲急忙把旁边的窗子卸下来，爬了出去，大声地吆喝着。我们也都起来大声地吵嚷来壮大声势。小偷吓跑了，牛安然无恙，可大黄却发疯似的叫着，在牛棚里到处乱撞，声音凄惨，是从没听过的，样子也凶得吓人。一会儿龇着牙发出"呜呜"的哀鸣，一会儿仰天长啸般地哀嚎，如狼般。它眼里泛着蓝莹莹的凶光。这还是我们那个平日里温顺的大黄吗？父亲说："坏了，它吃药了。"话音未落，大黄已经开始口吐白沫。父亲急忙找了绿豆并熬了白糖水，找来了邻居，几个人摁着，掰着嘴往里灌，大黄也极其配合，温顺地喝白糖水，水顺着嘴角向外流着。大黄不再疯狂地挣扎乱叫，幽幽的目光中含着眷恋，含着几多不舍和期许，我不敢去触碰它的眼神，为我的无能为力而羞愧地转身……

大黄折腾了大半夜，还是没能挺过去，停止了呼吸，那双惊恐却又满含深情的眼睛始终没闭上。当父亲用手微抚它的双目时，触摸到了它眼角湿湿的东西——大黄流泪了！父亲旋即转身离去，在转身的那一刻，我窥到了他眼里晶莹的东西，我和弟弟毫不掩饰地大哭起来。那一夜，我们都没睡，而我眼里脑海里都是大黄临终时的样子。

第二天，父亲把大黄埋在了园里的李子树下。在清理狗窝时，我们发现了落在旮旯的一个肉包子。

"大黄从来都不吃别人投掷的食物啊！"弟弟哭着说。

"它不吃，死去的就是它们……"父亲望了望正撒欢儿的小黄们，哽咽着。

雪夜思故人

文 / 文君

　　每每念及逝去的夫君，心里就像蒙上了一层厚厚的冰雪，寒冷彻骨。

　　人间的温暖，似乎并不止于身体的接触，在夫君逝去多年以后，即便是在流火七月，想起曾有过的温暖和现今的孤独，内心的冷依旧令人窒息。

　　想当年，我们曾生活在那个以风雪弥漫著称的雪域高原，深陷冰雪的世界，却因为彼此的热爱，常沉浸于一份温暖之中。

　　我那时还在山区小电站当运行工，枯燥而单调的生活把人的灵性都消磨得一干二净。

　　那年除夕，我值中班。夫君骑上摩托车从六十里外的县城赶来陪我，待到新年的钟声敲响，我们换班之时，夫君竟异想天开地说带我回三十里外的娘家过年。

天正下着大雪，纷纷扬扬似乎没有尽头，路面早已铺满了两寸厚的积雪，摩托车行驶在松软的积雪上，发出咯吱咯吱的声响，仿如一曲天籁。

山路崎岖，沿河蜿蜒而下，两旁柳树松柏环绕，在这大雪弥漫之际，真像一群群身披白雪锦袍的仙女，随流水的音乐曼妙起舞。摩托车的灯光打在晶莹的雪花上，折射出耀眼的五彩光芒，风撩起我米白色的衣襟和火红的头巾，一路小心翼翼地驶去。

不承想，疾驰的摩托在积雪的路面轰然翻倒，夫君虽一脚支撑起车身，可我还是被摔在地上，双膝着地。麻木感传来，撩起裤脚只见鲜血直流，寒冷中血液凝固慢，急得夫君一个劲埋怨自个，我笑笑用手绢扎住继续上路。当我们顶着风雪敲开家门时，人间的温暖便从骨子里向外弥漫，暖了整个冬天。

爱上雪，源自她的纯洁和美丽，还有那份得天独厚的沉静与淡然。她不像风，呼啦啦刮过，唯恐世人不知；她也不像雨，噼里啪啦整得惊天动地、摧枯拉朽一般；她总是静静地飘落着，悄无声息来到大地，待到清晨一觉醒来，整个天地一片白净。人的内心仿佛也被这洁白所洗礼。

雪总是静静地飘落着，悄无声息来到大地，
待到清晨一觉醒来，整个天地一片白净。
人的内心仿佛也被这洁白所洗礼。

当年房屋背后有一座碉堡山，山上种满了柳树。在冰雪期长达半年之久的高原，这些柳树时常身披洁白的羽翼，在微风中荡漾。我一直都在想，只要有那么一次，在大雪飘飞的午夜，走进这片林子，我就可以与那些雪花对话，与那些柳树相依相偎。

高原的十二月，快零下二十摄氏度，我与小姐妹肖梅，邀约她的老乡阿刚，在凌晨时分攀上了这座小山头。县城的夜景在飞雪掩映下一如朦胧的仙境，偶尔一辆汽车驰过，惨白的灯光射入一片苍茫之中，找不到半点依附。

我们躺在山坡上，枕着白雪，望着深邃的夜空。肖和刚唱起了忧伤的黑水民歌。他们是嘉绒藏族的后裔，骨子里都有着先祖一样的坚韧和执着。歌声时起时落，它们就那样飘散在雪夜里。

而我，一直在静心聆听雪花的低语，仿佛找寻我前世的某种凭证。冷冷的寒风拂过我的脸颊，一朵一朵的雪花飘落在脸上，慢慢融化，渗进我的眼角、嘴唇。冰凉之后，有一丝丝甜蜜与温暖从心里升起，一如依偎在母亲怀里的感觉。

多年以后，载着我风雪夜归的人去了雪花的故乡——天堂，而我生活在没有风雪的都市，却一天比一天感觉寒冷。好在还有与我一起聆听雪花的友人在远方陪伴着，一起行走在人生的四季，令我在寒冷之余，还能找到温暖的来处。

若有来生，我们再做一世的姑嫂

文 / 郝宗秀

大嫂离开我们已经三年了。一想起她，我心里就阵阵发酸，忍不住泪水涟涟。

嫂子走时正值盛年。那天，她正在为即将结婚的儿子赶做被褥，飞针走线时，突然昏倒在地。虽经全力抢救，但嫂子再也没有醒过来，我在她灵前哭得死去活来。

记忆中，嫂子是个闲不住的人，每天从早忙到晚。她常说的一句话就是："我最愿意干活儿了。"

她种的粮食收成好，她种的棉花开得满，她种的蔬菜长得鲜，她做的饭菜全家人喜欢。她做的衣服、鞋子孩子们穿着舒服……嫂子为我们付出得太多太多，她的猝然离开，成了家人心中永远的伤痛。

虽然时隔多年，但我仍清楚地记得与嫂子初次相识的情景。

那天我们在吕村集吃饭，围着桌子坐了一圈人。我从小爱吃海带，便一直在自己碗里挑海带。正当我来回翻时，忽然一双筷子夹着海带放到我碗里。抬头一看，拿筷子的是位面容和善的年轻女人，心里觉得这人真好。后来我才知道，她就是我未来的嫂子。

嫂子进门后，对我一直疼爱有加。平时给我买糖吃，娘家过会，她总要带着我，在会上给我买口哨、泥水壶等玩具。过春节，嫂子给我一块钱的压岁钱，这在当时可是个不小的数目。

我在本村上学时，家里来了同学，嫂子总是热情招待，同学们都说："你嫂子待人真好！"后来上了师范学院，每次回家，嫂子总要塞给我五元钱，当时两分钱能买一大碗咸菜，六块钱的菜票够吃一月，嫂子的五元钱让我一下子阔绰起来。

1992年年初我结婚时，嫂子给我200块钱的礼钱外加一个饭橱柜。这份厚礼让同龄人异常羡慕我，我自己也觉得美滋滋的。

她种的粮食收成好，她种的棉花开得满，
她种的蔬菜长得鲜，她做的饭菜全家人喜欢。

嫂子，我永远忘不了我们相处的点点滴滴。一起剜地回来，你去烙香喷喷的油饼让我吃；姑嫂二人夜里看水泵浇地，躺在秸秆上，吸着泥土味，说着悄悄话，过路人的脚步声让我害怕，嫂子搂着我，安慰我。

长大后离开了老家和嫂子，越发觉出嫂子的好。春天，嫂子给我带生菜与韭菜；夏天，嫂子让人捎来黄瓜、茄子、豆角；秋天，我吃的是嫂子家院子里的桃子、葡萄；冬天，锅里的白菜和萝卜，是嫂子亲手装到车上的。

嫂子去世前的那个清明节，家里来了十几口亲戚，嫂子忙活了半天，炸了满满一大锅的菜角、糖糕，热情款待。

我们回来没几天，孩子嚷着闹着要回老家吃妗妗包的饺子。那天，嫂子一面包饺子一面告诉我饺子怎么做才好吃。回家时，你一步步把我们送到村西头。我怎么也没有想到，那竟是我们姑嫂见的最后一面。

嫂子与母亲相处 30 多年，从没吵过嘴，红过脸。她和母亲一起劳动，做家务，处处尊敬、关心母亲。母亲累了她端饭，母亲病了她拿药。

母亲住院期间，嫂子不顾自己身体虚弱，硬坚持在医院值班。我们要替她，她不肯，说自己更熟悉母亲的生活习惯。

为了照顾好母亲，晚上嫂子与母亲在一张床上睡觉。平时更是帮母亲洗衣服、洗头、洗脚、剪指甲。村里的老太太们都夸母亲有福气，娶了嫂子这么一个好儿媳。

大哥常年在外干活儿，嫂子里里外外一把抓，忙了家里忙地里，殉地、浇地、除草、打药、割麦、打场、播种、施肥，样样都是拿得起放得下。大哥因掀房子腿受伤不能动弹，嫂子跑前跑后，一个女人家硬是把旧房翻盖成了新房。

嫂子教子有方，她省吃俭用、含辛茹苦把三个子女都培养成了研究生，在村里传为佳话。

嫂子与乡邻相处得十分融洽，谁家有事，她都热心相助。去世前两天，她还在帮别人往地里抬水、打药。

村里唱大戏，村干部安排两个演员住到我们家的空房子里，嫂子怕人家冷，屋里生上火，门口挂上棉门帘，再给他们送来压风被褥。两个演员感动地对嫂子说："我们这些常年在外漂泊、吃苦受累的人，哪受过这样好的待遇，你真是个大好人啊。"

嫂子去世后，母亲哭得肝肠寸断，几度昏厥，小侄女哭得昏倒在地，婶子哭得血压升高，心跳过速。院子里的邻居大叔握着大哥的手含泪抽泣着说："这么好的人，这么说走就走了呢？"

是的，我也不相信这么好的嫂子会走得这么早。

吃饭时，遇到可口的饭菜，我觉得应该让嫂子也来尝一尝；逛街时，看见哪件衣服花色不错，我觉得嫂子穿上更加精神；旅游时，想着如有嫂子相伴，定会更添一番情趣；生病时，躺在床上辗转反侧，我心想此时要能喝上一碗嫂子亲手做的葱花挂面汤该多好……

嫂子，你在那边一定要好好休息，别再这么操劳了。若有来生，请让我们再做一世的姑嫂吧。

春天是母亲的，
也是我们每个人的

文 / 雷长江

正月里，除了贴对联挂灯笼，母亲还要挑选两根粗粗的大葱，用红纸拦腰缠上，系上一根红丝线，悬挂于房梁上，寓意新的一年幸福富裕。

我知道母亲在默默为春天热身。

窗台上，母亲在一个破旧洗脸盆里装上土插满了大葱，葱们冬眠的梦在慢慢苏醒。去年入冬保存下来的一盆芹菜根

春天是母亲的，
也是我们每个人的。

也悄悄泛起了新叶，水水灵灵，翠绿欲滴。最有创意的是母亲挖空了半个萝卜头，挑选了一个大小适中的白菜脑瓜，放在空心萝卜碗里，盛上水，吊在窗户钩上。那是母亲制作的春花。过些日子它们会相继发芽抽蕾，上面冒出白菜花，下面钻出萝卜花，白菜花黄，萝卜花白，甚是好看。

北方平房，一般都是两铺大炕。到了立春节气，母亲就在炕梢用砖砌起一块苗床，倒上两土篮沙土，掺点农家灰肥，然后把那些纸包纸裹的地瓜宝宝一个又一个地埋在育苗床里，洒上水，顿时满屋子泥土的芬芳。在育苗床的边边角角，再撒上一些茄子、辣椒、西红柿的种子，母亲希望早早育上秧苗，好早早吃上新鲜的蔬菜。

一年之计在于春，身为农民的母亲是最熟悉这个道理的，所以没出正月她就开始绘制春天的蓝图。哪块地种玉米哪块地种花生，哪块地需要多少种子和化肥，她都计算得清清楚楚。

春播备耕早动手，精选良种夺丰收。去年邻居大伯家的花生获得了丰收，母亲买了他家的花生种，她当宝贝似的放在立柜顶箱上，闲暇的时候坐在炕头开始剥花生种。黄豆种是去年二小家的黄豆，母亲换了二十斤，也在炕上一并挑选。至于玉米种子，那是母亲听了镇里的科普之冬讲座，经专家介绍的，据说棒大粒满，是抗病高产的新品种。

透过明净的玻璃窗，苗床里的地瓜秧破土萌发长出嫩芽，一盆大葱、一盆芹菜在温暖的阳光下郁郁葱葱，茄子、辣椒、西红柿的小苗有点弱不禁风的样子，大家依偎在一起茁壮成长着。吊起的那束白菜萝卜花开得艳丽，在空气中弥漫着芳香。

母亲暖春的日子里，我仿佛看见春姑娘戴着五彩的花环，着一身新绿，唱一曲春天的歌谣缓缓地向我们走来，春天是母亲的，也是我们每个人的。

一树桐花

文 / 黄铨剑

　　清晨起来，打开微信，看到一篇《君子之交淡如梅》的散文，文中的萼梅娇艳欲滴，绰约典雅，似一个雨巷中走来的亭亭玉立的撑着油纸伞的江南姑娘！不知是何缘故，梅花啊，你怎么走不进我的心海？静下心来，默默思量，也许我的心头早已深深地植下了一棵桐树，开满了一树桐花！

　　我是在一个宁静的小村庄长大的，儿时的记忆中没有梅花，倒是家家院落里开着桃花、杏花、枣花、槐花、榆钱花、梨花、苹果花、桐花，在这片朴实的花海里，一树桐花是我的最爱！因为它是我生命之树开出的最美最美的女人花！一朵是妈妈，一朵是姐姐，一朵是妹妹，一朵是我的新娘！每到春天来临，农家小院里，道路两旁，家乡田野的阡陌上齐刷刷地开遍了紫红紫红的桐花，桐花报团怒放，一簇一簇，一团一团，紫的像霞，红的似火，比梵·高笔下的向日葵还要灿烂！春风吹过，桐花散发出淡淡的甜香，引来一群又一群蜜蜂在枝头歌唱。桐花的清香和着抽穗杨花的麦浪，勾勒出一幅田园丹青，从那幅丹青中走来了俺的娘！娘用桐花煮水给我泡脚，娘说用它泡脚可以祛除脚汗，生津养肝。想想当年娘给娇儿洗脚的情形，在我的心中早已定格为一尊雕像，似拉斐尔画笔下的圣母，神圣而又庄严！

桐花的花期过后，老家的庭院里落了一地桐花，母亲用枯干的桐花烧火做饭，小院里散满了带着桐花香甜气息的袅袅炊烟，母亲慈祥的脸庞在炉火的映照下，升华成莫奈画笔下海上的一抹红日，曾给了我多少温暖，多少力量！

前年暑假回老家探亲，母亲拉着我的手说"孩啊，听说国家的大干部都来咱兰考看焦桐，你带俺也去看看焦桐长成啥模样"。我开车带着爹娘去看焦桐，焦桐是焦裕禄20世纪60年代初在兰考工作时种下的一棵泡桐树，经历半个多世纪的风雨洗礼，已经长成了参天大树，成为焦裕禄精神的化身。爹娘来到焦桐下，高兴地露出孩子似的笑脸，两个老人围着焦桐看了又看，老父亲还张开手臂丈量焦桐。在焦桐下，我给爹娘拍下了合影，照片上的爹娘，表情里充满了幸福和对父母的怀念!

桐花怒放的季节,是我童年记忆中最快乐的时光,这时光里不仅有春天,更重要的是有姐姐。姐姐比我大十岁,想一想她该有多疼爱她的小弟弟哟!她常常在我头上扎上一个小辫,脸上涂上胭脂,把我打扮成小姑娘的模样,而我,却把她当成哥哥,姐姐走到哪儿我就跟到哪儿,她就是我儿时遮雨的伞、挡风的墙!春天来了,桐花开了,姐姐领着我去开满桐花的田野里挖野菜,割青草。那时的姐姐扎两个小辫,大大的眼睛,红彤彤的脸庞,笑起来如同一树桐花开放,给我温暖,让我回想!如今姐姐已经快60岁了,她的额头上爬满了皱纹,鬓角上添了丝丝白发。我多想让姐姐永远停留在我童年的时光里,永远笑声朗朗,永远年轻漂亮,就如同这一树桐花,满天红透,永驻芬芳!

梅花傲雪给人们带来春的生机和希望,玫瑰花开流淌出爱情的甜蜜和缠绵。我的一树桐花啊,没有人给你固定的花语,可在我的世界里,你的花语就是感恩!每当我抬起头,仰视一树桐花的灿烂,好像妹妹露出了笑脸。妹妹比我小三岁,那年我考上了县一中,姐姐已经远嫁他乡,父亲患上了慢性支气管炎,妹妹为了这个家,为了我读高中完成学业,她瘦弱的肩上早早地扛起重重的草篮子,她柔弱的双肩早早地挑起担水的扁担,她娇嫩的小手顶住烈日握紧锄头,她秀美的脸庞淌满晶莹的汗珠。当我在教室里读着高尔基的《海燕》，我知道妹妹正牵着牛儿帮父亲耕田；当我欣赏着梵·高画笔下金色的麦浪，我知道妹妹正弯下腰和妈妈在麦田里捡拾麦穗。我的妹妹啊，你为了咱的家吃了多少苦，流了多少汗，点点滴滴，我都记在心间。就是那年的夏天，我把大学的录取通知书捧到她面前，她脸上绽放出天真烂漫的笑颜。你说，我是咱们村恢复高考 12 年来考出的第一个本科生，你为我骄傲为我自豪。我知道，我的那张大学录取通知书上凝聚着妹妹多少血汗！今天，就让我站在咱家的梧桐树下，仰视这一树桐花，开得庄严，开得温暖，你的花语在我的世界里就是感恩，就是报答！

我生命之树中的女人花啊，妈妈把我哺育养大，姐姐给我一个快乐的童年，妹妹替我挑起家庭的重担。我的新娘啊，你是上帝赐给我的天使，是我生命之树中永远的伴侣！

20 年前，在老家的庭院里，在一树桐花怒放的春天，我迎娶了我的新娘！我们的婚礼没有五星酒店的奢华，也没有神圣教堂的庄严，就在老家的堂屋前贴上了红红的囍字，八仙桌上摆了两个箩筐，箩筐里盛满五谷杂粮。就是在这样简单的布置下，我和我的新娘跪拜了天，跪拜了地，跪拜了爹娘，跪拜了五谷杂粮！当我握住新娘的手一起跪拜时，我头顶上的一树桐花啊，你紫红的喇叭花像小号奏响瓦格纳的

《婚礼进行曲》为我的新娘歌唱，为我的新娘祝福。我的一树桐花，你是我婚礼的见证人。如今，我和我的新娘相濡以沫，相亲相爱，走过了 20 年的风风雨雨。我的新娘啊，你孝敬父母、相夫教子，陪我品尝了 20 年的酸甜苦辣。每次我把父母从乡下接到家里，是你陪俺娘洗澡，帮俺娘洗衣，陪俺娘聊天；我的新娘啊，知道我爱吃手擀面，下班匆匆赶到家里，和面，擀面，你弯下腰和面的身影比米勒油画里的女人还要美，美得朴实，美得神圣，美得庄严！都说现代人的婚姻很脆弱，可我们 20 多年的婚姻一路走来是那样坚实，细细想来，要感谢我的新娘，那美丽善良的又会做手擀面的新娘！我要感谢你啊，我的一树桐花，有了你的祝福，我们将携手同行，一路向前！

妈，我就想你好好的

文／董斌

妈老了，仿佛一夜之间发成雪，背成弓，纹成河。形体的变化倒在其次，关键是脑筋不好使了，眼前的事都记不住，问了又问。比如，东西搁哪儿了，她一转身就忘；可过去几十年的事情却越来越清晰，叨咕一些自己小时候的事情，都听了一百八十遍了，见面还和你诉说革命家史。

妈来电话说这几天不舒服，浑身哪儿都难受，记性也越来越差。有一天，重复吃了治疗缓解干燥的芦荟胶囊，结果一泻千里，都拉虚脱了，身边连个照顾她的人都没有。

我听完，心疼得不行，气得数落她不雇保姆，不注意身体保养。妈要给我解释，我却打断她说："得了得了，你也不听我们的话，病了也没人心疼，别总唠叨了！"

妈伤心了，在那边把电话撂了。

不一会儿，姐打来了电话，说老太太也挺可怜的。"妈说，平时给你打电话，你嫌她啰唆，'哼哈'两句就撂了，刚刚她就是想和你吵架，因为只有吵架的时候你才和她说话多一些……"

被我埋怨和她啰唆、听我大声呵斥的目的，居然只是为了能多和儿子说几句话！听到这里，我有种想哭的感觉，妈真的太可怜了！我震惊到无以复加，以至于手颤抖着握着电话很久才放下。

那一刻，我才突然想到，自己小时候总是缠着她问这问那，要这要那，她从不怕麻烦，可母亲老了，需要人陪她说说话了，我却嫌她啰唆了。这一刻，心有些疼。

记得一次我拉肚子，老妈抱着我就往卫生所跑，脏东西蹭了一身也不嫌弃。她走得急，还不小心碰到了卫生所的门，磕掉了牙，弄得她满嘴是血，医生过来要给她诊治，她却用手挡着说："先给孩子看看，我没事！"可就在前几天老妈病了，我就当是一般的感冒，打个电话问了下，腿懒，都没回去问候。与母亲相比，我是如此渺小和自私，妈一定很伤心，老妈，对不起！

和爱人商议把老妈接家里住一阵儿，两人一拍即合。路

光阴如昨，岁月易老，牵手化作搀扶之间，
我们长大了，妈却累老了。

上我又看到那条被遗弃的老母狗，它始终不愿相信，曾经它带给那个家那么多欢乐，可现在已经不再需要它了。一个月里，冒着零下十几摄氏度的寒冷在已经夷为平地的空地上等待。夜深时，偶尔还会传来它的哀鸣。我想那只狗也会有很多子女吧，怎么没有来看看它啊，你们的母亲受难了，它需要你们的帮助，可——你们，都在哪儿啊？

这一幕，让我心里难受极了，联想到我的母亲也已经老得不成样子了，我却并没有怎么把她当老人看，没去认真地想过如何去关心她安慰她，似乎完全忽视了母亲已经是八十多岁的人，自己都感到心寒。

到了家，妈正把自己埋在相片堆里回忆。看见我们来，妈拿着我看小人书的照片对我爱人说，那时我最乖，每天她一下班，看到我在门口接她，心里就暖乎乎的，恨不得把我抱在怀里使劲"咬"两口。她又拿起一张我骑在大树上的照片说，我那时候上小学了，开始淘气、调皮，不爱学习，于是老师总找家长，一个月要去和老师承认好几次错误……

我们的眼睛又随着母亲的目光盯在了我刚入伍时的照片上。妈说，那时候父亲病了，当时的她很无助，而我却一夜之间懂事了，后来还考上了军校。但好事多磨，为了给我改专业，她连着好几天去求人，有的人干脆就往外撵她；有的领导不在家，她就在人家院外一直等到深夜，这才感动了

"上帝"。可这些事，妈以前从来没和我说过。

"我最喜欢这张了。"妈拿起我立功时的照片，"一个二等功，三个三等功。我逢人就给人家看，逢人就说，我儿子还真行……"

当时我感觉母亲就像个祥林嫂。

"那时候你长得也帅气，不像现在肥粗老胖。对了，妈和你说，你得减肥，把肚子都搞大了，容易生病……"说完，妈刚刚原本骄傲的笑容里又透出了一丝无奈。

"最近总觉得身体不对劲儿，前些天还去了公证处。如果哪天我一不留神走了，好歹对你们也算有个交代喽！"

我默默听完，没说话，慢慢走上前拉住妈皮包骨的手，说："妈，咱们回家……"

光阴如昨，岁月易老，牵手化作搀扶之间，我们长大了，妈却累老了。时光漂白了黑发，使容颜褪色。面对着苍老，我们不可挽留青春，伤感叹息似乎全无用处，抓紧时间吧，再抓紧些，要孝顺请趁早，于是老人有福，儿女才会心安无悔。

图书在版编目（CIP）数据

时间煮雨 / 百草园主编. -- 北京：北京联合出版
公司, 2017.5
ISBN 978-7-5596-0206-0

Ⅰ. ①时… Ⅱ. ①百… Ⅲ. ①散文集 - 中国 - 当代
Ⅳ. ①I267

中国版本图书馆CIP数据核字(2017)第079556号

时间煮雨

项目策划　紫图图书 ZITO®
监　制　黄利　万夏

主　编　百草园
责任编辑　杨青　徐秀琴
特约编辑　宣佳丽　路思维　张晓霞
封面绘图　黄雷蕾
内文插图　青简　林陌　江南雨
装帧设计　紫图图书 ZITO®

北京联合出版公司出版
（北京市西城区德外大街83号楼9层　100088）
联城印刷（北京）有限公司印刷　新华书店经销
137千字　880毫米×1230毫米　1/32　8印张
2017年5月第1版　2017年5月第1次印刷
ISBN 978-7-5596-0206-0
定价：49.90元